コットン・テイル

〜空の下のさくら〜

文·絵 sacra

文芸社

第 1 部

1　～はじめに～

こんにちは。地球の皆さん。

ボクは、地球でいうところの“異星人”です。

ボクの世界では、〔ある順番〕になると、別の世界（星）に、その姿で生まれて、一生を生きるっていう課題があるんだ。

地球の感覚でいうと、学校とか部活に入って体験学習するって感じだよ。

ボクは、地球に生まれることを選んだ。

ここで書き綴（つづ）ってることは、ボクが地球で体験学習したことの一部だよ。
みんなが体験していることを、ボクも同じように体験させてもらったよ。

その話の前に、もう少し、ボクの世界のことを話すとね、さっきボクは、“異星人”って表現したけど、ボクの世界は、星じゃないんだ。

地上とか空とかなくて、空間。

人間みたいに肉体がなくて、光のボールみたいって言ったら近いかな。
一時間とか一年とかいう“時”もないから、年齢もない。
それに、ボクは「ボク」って言ってるけど、地球で言う、男性とか女性とかないんだよ。
だから、お父さんとかお母さんとか存在しないんだ。

じゃあどうやって生まれたのかって？
そーだな、例えば、コップの水があふれた時みたいって言ったら、想像できるかな？

お父さんやお母さんはいないけど、絶対的な存在はいるんだ。
地球で似た感覚で表現すると、“先生”みたいな。
だけど、そんなコワくないよ。

　めちゃめちゃ明るいノリの、めちゃめちゃ明るい光の存在なんだ。

　それで、ボクが「地球に生まれることにしまあす」って言ったら、その先生が、ちょっと仰天しちゃって。

　なぜかというと、“地球”って世界は、ボクらの世界からしても、他の星々からしても、とてもとても独特なんだ。
　例えば、[善]と[悪]とか、[光]と[闇]とか、正反対なものが同時に存在するなんて、とても不可思議なことなんだ。

　ボクの世界には、光はあっても影はできない。

　それに何より“肉体”ってものを持つことは、ボクの世界からしたら、それだけでもとてつもない〔苦行〕になるらしい。

地球に生まれることを選ぶということは、地球で言うなれば、山登りなんてしたこともない小さな子供が、何十キロのリュックを背負って、いきなりマッキンリーに登りに行くようなもんだって。
ヘタしたら、帰ってこられないかもしれないよっていう選択だったんだ。

だから先生も仲間も、「違う世界にしたら？」とか、「初回はキツいで」とか、一言二言あったよ。
心配してくれたからね。

でもボクは、地球を選んだ。

先生は心配しつつも、ボクが地球でどんな体験がしたいかとか、いろいろ要望を聞いてくれて、それに合わせた年代と、環境を選んで設定してくれた。

ボクはワクワクして、体験学習への入口を、ジャンプして潜ったよ。

2　〜誕生〜

一瞬、フワッとした感覚に目覚めると、ボクは、ボクの世界にいた時の光ではなく、ただ透明で、意識だけがそこにあったんだ。

上には、まぶしく照らす太陽があって、下には、白い、絹のような雲が浮かんでた。

その隙間から、ちいさなちいさな、人や物が、ガヤガヤいろんな音に混じって、止まったり、流れたりしていた。

地球だ。ボクは地球に来たんだ。

先ずボクは、ボクを地球の人間として生んでくれるひと、“母親”を見つけに行った。

ボクの意識の中には、ボクの要望を取り入れた体験学習スケジュールがインプットされているんだけど、先生が設定してくれたのは年代と、国や地域とかのおおまかな環境と、少しの性格的なもので、他はボクが決められることになっている。

ボクはしばらく雲の間を漂って、そして、見つけた。
ボクは瞬時に、その人の元へ、流れ星のように移動して、そして、吸収された。

さあ、ボクの地球体験学習のはじまりだ。

西暦１９○○年、○月○日、ボクは、地球人として生まれた。

「おっぎゃあああああああ！！！！！」

あまりの感覚に、ボクはびっくりしたんだ。
口から、すんごい音が出た。

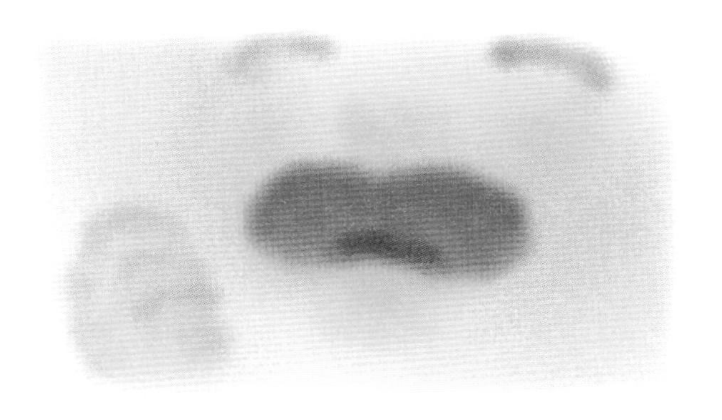

なんか痛い!!　“痛い”!?　そう痛いんだよっ!!

寒い！“寒い”!?　そうめっちゃ寒いんだよ!!　暗いし、わあわあ周りがうるさいし！

え!?　なんか笑ってる??　そこひっぱるんじゃないってぇ!!!　痛いだろーがっ!!!

とにかく叫んだ。叫びまくった。声が出るから。

でも思ってることが通じない。伝えてることが伝わらない。

痛い！　寒い！　うるさい！　わけわかんない！

必死だった。

“腕”や“足”も、動かせるものは、全部動かした。

おっぎゃあおっぎゃあ叫んだよ。

そしたら、急に、あったかい感覚が伝わってきて、ボクは思わず、ジタバタも叫ぶのもやめた。

どうやら、“母親”の体の上に乗せられた時だったらしい。

そう、ボクは無事、地球人として生まれた、その瞬間だったんだ。

あったかい。あったかい。それだけでボクは、安心して、眠りについた。

　ボクがいた世界は、寒いとか感じたことはなかったけれど、こんなに「あったかい」と感じたことはなかった。
　とてもとても、ふしぎな感覚だった。

　ボクは、とにかく必死に、そしてそれなりに、地球人として成長していったようだった。

　この頃のボクはなぜだか、記憶があいまいなんだ。
　あとからアルバムを見てびっくりすることだってたくさんある。

　たぶん、ボクの世界のボクは、ちゃんとその時その時の体験を覚えていて、夢の間に、ボクの世界の先生に《体験レポート》をちゃんと報告しているハズなんだけど、肉体のボクは、それを毎日全く覚えてなくて、それでも平気で、ただ楽しいことだけを貪欲に、毎日遊んで、食べて、眠ってを繰り返して過ごしていたんだ。

3　～家族～

ここで改めて、ボクの体験学習の環境を伝えると、生まれた場所は、“日本”の小さな町だった。
山も海も、田んぼも畑もあって、ボクは幼少時代、思う存分自然と遊んだ。

“お父さん”と“お母さん”がいた。
そして“おじいちゃん”と、人間ではない生物“ネコ”もいた。

“お父さん”も“お母さん”も“おじいちゃん”も、泣いているボクに何か一生懸命話しかけてくるんだ。

ボクが泣いていない時は、遠くでそっぽを向いてボソボソ話しているんだけど、ボクが声を出すと、みんなこっちを向いて、なんだか急にカン高い声になって、ヘンな顔になって近づいてきて、ボクを抱っこしたり、何か音が出るものを見せてきたりするんだ。

正直、「それじゃない」時も、「しつこい」時もあったよ。

ボクが伝えたいことは、全然わからないみたいだった。

ボクの世界では、声はない。
でも思いや感情は、瞬時に相手に伝わったんだ。
だから、「なんでわからないんだよー」ってボクがジタバタするのを、お父さんもお母さんもおじいちゃんも、時々笑って楽しそうにしたり、時々困って悲しそうにしたり、そのうちボクも眠ってしまったり。

その頃のボクは、まだまだ時間なんて感覚はない。
ただそんな毎日を、送っていたようなんだ。

でも、地球の“人間”には伝わらないなかで、“ネコ”だけは、ボクの思いをわかってくれていた。

ボクが目を覚ますと、お母さんに「起きたで」って伝えに行ってくれたし、ボクがちょっと寒いって思ったときは、くっついて寝そべってくれたりしたんだ。

ボクは“ネコ”と〔思い〕でお話ししていた。

「ねえ、なんでお父さんもお母さんもおじいちゃんも、ボクの思いが伝わらないの？」
仰向けに寝かされたボクの横で、ネコは寝そべっていた。
ネコは目を閉じたまま、足じゃないもうひとつの長いもの（しっぽ）の先だけとんとん動かしながら、ゆっくり答えた。
「人間には伝わらへんのよ」
「なんで？」
ボクは手足をパタパタさせて言った。
「さあねえ。中には伝わる人間（やつ）もおるけど」
「伝わらないって……さみしくない？」

ネコは、顔をひくひくさせたかと思うと、急に起き上がって、足で自分の顔をパンパン蹴りながら答えた。
「わからんってのを理解すれば、さみしくはないで」

ネコは片目をあけて、ボクを見て続けて話した。
「確かに、ムカつくことはあるで。昔、保存食の盗み食い事件があってな」
「ぬすみぐい？」
「そや。カップ麺かじって穴あけて食べよる奴がおったんよ。
みんなそれ見てわあわあ言うから、ウチ、犯人見つけたってん。
一撃で仕留めてな。捕まえてくわえて、あんたのおかんに見せに行ってん。『犯人見つけたで。こいつや』って。
そしたら、あんたのおかん、見るなり『ギャーッ!!』ってな、えらい面（つら）して、持っとったほうきで暴れよったから、ウチびっくりして口開けてもて、犯人放してしもた。せっかく教えたったのに」

ボクは思わずコロコロと笑っていた。
ネコは目を細めて続けた。
「面白（おもろ）いやろ？　そん時はムカつくけど、なんか面白（おもろ）いから、『まぁええわ』って、なるねん」
ボクは、お母さんが暴れた様子を、まるでその時その場で見たかのように思い浮かべて、しばらくひとりで、コロコロ笑っていたんだ。

そんなボクを見て、大人三人は、顔を寄せ合って笑っていたのを覚えているよ。

４　～なまえ～

それからボクは、三人がネコのことを「ゆき」と呼んでることに気付いた。
そしてボクのことを「さくら」と呼んでいた。
ボクは、地球でいう“女性”で生まれていたんだ。

ボク＝さくらだって理解するのはもう少し後だけど、「さくら」って聞こえると、ボクは振り向くようになっていた。
いつからか、ボクもネコのことを「ゆき」と呼んでいて、ゆきもボクのことを「さくら」って呼んでいた。

周りにあるひとつひとつにも、お父さんお母さんおじいちゃんにも、それぞれが“なまえ”を持っていることを、ボクは少しずつ理解していった。
そしてその“なまえ”を声に出すことを、大人三人はとても喜び、嬉しそうに笑った。

少し、ボクの世界の話に戻ろうか。

ボクの世界には、なまえはなかった。

じゃあどうやって自分と周りを区別していたのかって？
ざっくり言うと、区別する必要はなかったんだ。

説明が少し難しいけど、強いて言えば、“音”はあったんだ。
ボクは、地球の音階では発することができないくらい高い高い音域の、“＃ファ”の音に近い音なんだ。

でもボクは、ボクだけじゃないんだ。

最初の方で、ボクの世界のことを話したでしょう？
ボクは、コップからあふれる水のように生まれた。
同じ瞬間、同じ＃ファを響かせて生まれたのは、ボク以外にもたくさんいるんだ。
ボクは、同じ瞬間に生まれた仲間の一粒にすぎない。
そして、まだコップの中に水のようにまとまっている仲間も、先にあふれ出た仲間も、音色や音の大きさや飛び出した方向が少し違うだけで、皆、同じなんだ。

地球のボク＝さくらは、お父さん、お母さん、おじいちゃんとゆき以外にも、いろんなことを知るようになっていった。
家族以外の人間や、生き物の存在。
毎日、朝から夜の一日があって、時間があって、その中で、いろんな決まりごとがあることも覚えた。

ボクはまだしゃべることができなかったけど、その都度その都度周りから聞こえる、「おはよう」とか「いただきます」とか「おかえり」とか「おやすみ」のコトバが、ボクは大好きだった。

そのコトバで、次に何が始まる、とか、誰かが傍らにいなくなる、とか、また戻ってきた、とかわかるから、そのコトバが聞こえるたびに、ボクはウレしくて、手足をぴょんぴょん伸ばして喜んでたんだ。

5　～ゆき～

日差しがポカポカと気持ちよくて、やわらかい風がふんわり心地いい季節になったある日、ボクはいつものように、おもちゃ箱の前で座って遊んでいたんだ。

ゆきもいつものように、家で一番日当たりのいい場所で、丸まって寝てた。

そのころボクは、ゆきより少し大きくなって、ゆきができない〔二本足で立ち上がって歩く〕ことができていた。

ボクはゆきの傍までヨチヨチ歩いて、となりに「でん！」とお尻をついて座った。

ゆきは返事こそしないけど、しっぽの先をトントン動かして、ボクがとなりに座ったことを受け入れてくれたから、ボクは少し前から聞きたかったことを、ゆきに〔思い〕で聞いてみた。

「ねえ、ゆきも、このお家で生まれたの？」

ゆきは、しっぽのリズムを少し変えて、同じ体勢のまま話してくれた。

「生まれたのは、ここやないよ。

ウチは、さくらのお父ちゃんに、この家につれてきてもらったんや」

「お父さんに？」
「そや。ウチ、どっか外の、どっかで生まれて、母親とはぐれて、びっしょびしょやったとこを、あんたのお父ちゃんがウチ見つけてくれたんや。
　ウチも今のさくらくらい小さかったから、あんまり覚えてへんけど、めっちゃ寒い日でな。
　お父ちゃんにこの家につれてこられんかったら、ウチあのままどうなっとったかわからんわ」
「じゃあ、ゆきには、お父さんもお母さんもいないの？」
「おったやろうけど、今は、わからんよ」
　ボクは、聞いちゃいけなかった気がして、ちょっと間が悪くなった。

　窓の向こうで、ふと、ゆきの顔のすぐ傍をちょうちょがひらひらと近づいて、ゆきはふっと顔を上げた。
　ちょうちょは身軽にフワッと舞い上がって、そのまま飛んで行ってしまった。
　遠ざかるちょうちょを見つめながら、ゆきが続けて話した。

「“ゆき”ってなまえは、あんたのお母ちゃんがつけてくれたんや」
「え!?　そうなの？」

「そのめっちゃ寒かった日、めずらしく雪が降ってたんや。
　雪んなか家に帰ってきたお父んが、コートの中からウチ出してきたから、お母ん、雪玉出してきたんかと思たんやって。
　ウチ、白いやろ。ほんでなまえが“ゆき”やて。単純すぎるで」

　ゆきがこの家に来た理由に、そんなことがあったなんて思いもしてなかったから、ボクは黙ったままだった。

「でもウチ、このなまえ好きやで」
「うん」
　ボクは笑って答えた。

あとになって、ボクの“さくら”という名前も、同じようなシチュエーションでつけられていたことを知り、「両親そろって…もうちょっと悩もうよ」とは思ったけど、ボク自身も“さくら”はとても気に入っていた。

なまえを呼ばれることって、なんだか、とてもとてもあったかい気持ちになれるんだ。
おもちゃに夢中になってる時に呼ばれると「なんだよー」って思う時もあるけど。
“さくら”っていう存在が、今ここにあるんだなって実感するんだ。

ボクらの世界では、考えたこともなかったよ。

6　～変化～

ボクは成長するとともに、ボクの意識より、“さくら”としての意識の方が大きくなっていった。

ボクはさくらが眠っている間に、その日の学習レポートを、ボクの世界の先生に提出していた。
でも“さくら”はそれを全く知らないんだ。

そしてゆきとも少しずつ、[思い]で会話することもなくなっていった。

ゆきには、さくらの感情がずっとわかっていたようだけれど、ゆきの[思い]のコトバは、さくらには伝わらないようになっていた。

でもそれでもゆきは意外と平気に、まるでそれが自然なことだとわかっていたかのように、それまでと同じように過ごしていた。

幼稚園に通うようになって、さくらは時々、泣いて帰ってくることがあった。

体や頭の中はさくらでも、心の中のボクが、さくらの行動や思いを動かすことがある。
その言動が、全くの地球人からすると特異に感じることがあって、さくらをひやかしたり怒ったり、時には、のけものにすることも少なくなかった。

それは同世代の子供同士に限ったことではなく、大人同士であっても、また大人が子供に対してであっても、起こることであるらしかった。

さくらには、「子供らしくしなさい」とか、「ふつうにしてなさい」とかいうことがどういうことなのか、わからなかった。
家族にだって「お父さんらしい」「お母さんらしい」なんて思ったこともない。
自分は見た目だって子供だし、遊ぶことも大好きだ。
思ったことが、周りと違うだけ。名前が違うのと同じことなのに。

少し違ったものの見方、考え方をコトバにするだけで、その場に一緒にいることさえ嫌がられてしまうのはなぜなんだろう？

　さくらは心が痛くて、苦しくて、涙をポロポロ流していた。

　ボクには、とてつもない感情だった。
　ボクが破れて、ちぎれていくような感覚だった。

　ボクは地球に来る前に、ボクよりずっと前に地球に体験学習をしに行ったセンパイが、地球の体験に耐え切れず、ちぎれて消えて、元の世界に帰れなくなったという話を聞いたことがあった。
　ほんとうにちぎれて消えてしまうなんて、そんなすさまじい、悲しい体験があるなんて。

　ボクは、想像もつかない体験を、身震いする思いで受けとめていた。

7　～祖父～

さくらは今日も、庭の見える部屋の片隅にうずくまっていた。

そんな時は、どこからともなくゆきがやってきて、ゴロゴロとのどを鳴らしながらあまえてきては、どかっと寝転がってのびをした。

同じようにそんな時、気がつくと側（そば）におじいちゃんがいた。
おじいちゃんも、ゆきと同じように何もしゃべらない。
お茶を飲んだり新聞を広げて読んでいたり、さくらに声をかけることもなく、ただ、さくらと同じ空間にいるだけだった。
ゆきとはまた別の感覚で、さくらの悲しみの感情を受け入れているみたいだった。
なので、さくらも黙ったまま、ゆきを抱っこして、そのままおじいちゃんのあぐらをかいた足の膝の中に座った。
膝の中でゆきとじゃれてても、さくらが歌を歌いだしても、おじいちゃんは何もしゃべらず、たださくらの思うままに、さくらを膝で包んでくれていた。

ある晩、さくらにとってショッキングな映像がテレビに映った。
戦争の映像だった。
色のない、少しコマ送りの早い映像の世界は、残忍なシーンでなくても、さくらには十分恐怖と悲しみが伝わっていた。
大人達には、さくらにそこまでの感覚があるとは感じていないようだった。

映像に釘(くぎ)付けになっているさくらを見て、お母さんはさくらに声をかけた。
「おじいちゃんは、戦争に行ってたんだよ」
「ええっ!?」
さくらは思わず声をあげて、おじいちゃんを見た。
おじいちゃんは、うつむき加減にお茶を飲んでいた。

おじいちゃんが何も話そうとしないので、お母さんは続けて説明した。
「おじいちゃんが若いころ、日本は戦争をしていたの。おじいちゃんも戦場に行かされていたのよ」

おじいちゃん自身は、戦争があったことも、自分が戦争で経験したことも、わざわざ自分から話すことではないと感じていたようで、さくらに少し微笑んだだけで、何も話すことなく、黙ったままお茶を飲んでいた。

戦車が、土煙を巻き上げながら大砲を撃ち、人々が逃げまどい、がれきと一緒に重なるように倒れている。その景色の中で、さくらと同じ歳くらいの子供が、裸同然で無表情で立ち尽くしている。

さくらは、その世界の中におじいちゃんがいたことを、おじいちゃんが生きていた世界を、映像を通して見ていた。

お母さんに、「もうそろそろ寝なさいよ」と声をかけられてハッとするまで、さくらはその映像から、目を離すことができなかった。

8　～やすらぎ～

　さくらはおじいちゃんの手が大好きだった。

　おじいちゃんの手は、さくらの両手を包んでしまえるほど大きくて、ごつごつして，硬くて、しわしわだ。
　色もくすんでいて、少しも柔らかい部分なんてない。

　それでもさくらにとって、おじいちゃんの手は、きれいで優しくて、強くて、触れていると、さくらはいつも安心していられた。

　あの映像のように、おじいちゃんはその手で銃を持ち、死体も運んだかもしれない。
　その死体には、おじいちゃんの友人だっていたかもしれない。
　その手で泥水をすくい、飲んだこともあっただろう。
　土まみれの小さな小さな芋のカケラを拾って、そのまま食べたことだってきっとあったのだ。
　それはさくらの想像だけれど、大好きなおじいちゃんの硬い掌(てのひら)には、さくらの想像をはるかに超える、すさまじい記憶が刻まれているに違いなかった。

さくらはその晩、眠れなかった。
おじいちゃんがもし戦争で死んでしまっていたら、お父さんも、自分自身も、この世界に生まれてこなかったのだ。

おじいちゃんも、お父さんも、お母さんも、大好きな人達が、今この瞬間いなかったかもしれない。

そんな世界は信じられない。
さくらは怖くて、そんな世界が怖くて、布団の中にもぐり込んで、枕を抱きしめ、生まれて初めて、眠れない一晩を過ごした。

――ボクもその晩は、レポートを提出することはできなかった。
さくらの鼓動が、ドックンドックン大きく響くと同時に、ボクも張り裂けんばかりに、ドックンドックン、ドックンドックン、震えて、震えて、ずっと震えていたんだ。

さくらは、歌うことが大好きだった。
音楽を聴くことも好きだけれど、自分で声を出して歌うことが、本当に大好きだった。
歌っていると、気持ちがワクワクと高ぶり、歌えば、悲しい感情もどこかへ消えて、また新しい自分に生まれ変わっていくような感覚だった。
ゆきや、おじいちゃんが傍（そば）にいてくれる時の安心感とはまた別に、自分で自分を癒すことのできる、魔法の力のようだった。

ボクにとっても、さくらが歌うことは、魔法そのものだった。

さくらが悲しむと、ボクはちぎれそうになった。
でもさくらが歌うと、ボクのその傷は少しずつふさがれて、光が放たれる。
ボクの光は歌う前より強く、輝きを増した。
コロコロと転がるように、光は音を生み、音は更に光を放つ。

ボクが生まれた瞬間のように、いくつもの光が音と一緒に次々と
生まれていくんだ。

ボクはそれが嬉しくて仕方なかった。

　でも時々、さくらの周りの大人に「静かにしなさい」と怒られる時があって、せっかく、光がぱあっと大きくなったのに、その瞬間、光はみるみるしぼんでしまうのだ。

　そんな時は、さくらもボクも、「あーあ」って思うよ。

9　～友達～

さくらは小学生になって、友達や先生や、周りの大人達など、知り合いがどんどん増えて、さくら自身もそれによって、いろんなことを知ったり学んだりしていったけれど、さくらにとって自分と周りの人との不思議な違和感みたいなものは、変わることはなかった。

さくらの考え方や話し方や行動は、周りからするとかなり大人びていて、どうしても、はじかれてしまう対象になってしまうのだ。

さくら自身は、もうそのことはある程度仕方ないと受け入れていて、昔のように泣いて帰ることもなく、ひとりになったとしても、独りを楽しむこともできるようになっていた。
家には、受け入れてくれるおじいちゃんやゆきがいたし、ひとりで川に行ってザリガニを捕ったり、土手で花を摘んだり、ちょうちょを追いかけたり、雨の日は家で本を読んだり折り紙をして飾ったり、歌を歌ったり。
ひとりだけれど、そうやって自然や動物と思う存分楽しんで過ごしていた。
友達とも、ある程度の距離感は感じつつも、一緒に笑ったり遊んだりも日ごとにできるようになっていった。

そして今日は、さくらの誕生日だ。

さくらもいつの頃からか、『その暦の日に自分が生まれた』ことを理解し、その夜は、家族でささやかなお祝いが開かれることを、日が近づくごとに心待ちにしていた。

お母さんは夜ご飯に、からあげとかポテトサラダとか、品数も量もいつもよりたくさん用意していて、さくらもその夜は、自分から早めにお風呂を済ませていた。

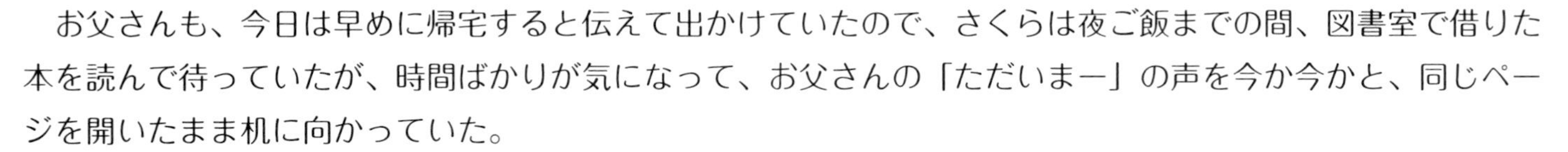

お父さんも、今日は早めに帰宅すると伝えて出かけていたので、さくらは夜ご飯までの間、図書室で借りた本を読んで待っていたが、時間ばかりが気になって、お父さんの「ただいまー」の声を今か今かと、同じページを開いたまま机に向かっていた。

「ただいまー」とお父さんの声がして、さくらは勢いよく本を閉じ、椅子を元気よく回転させて飛び降りた。

部屋のドアを開けたところで、「おかえりー。あらあらまあまあ」と少し驚いたお母さんの声がした。

さくらはリビングにそおっと入ってみると、玄関でお父さんとお母さんが何か話している。

さくらは二人の声のトーンに少し心配になって、そっと玄関の方に歩いて行った。

10　～誕生日～

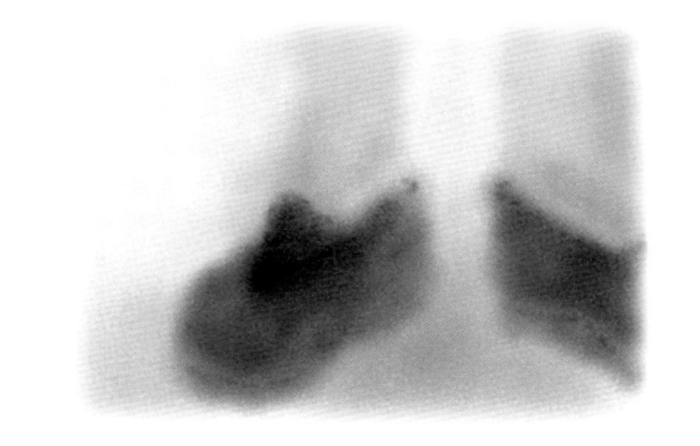

驚いた。

お父さんのとなりに、同じクラスの男の子が立っている。

翔くんだ。

翔くんは、クラスでは活発で、サッカーが好きで、算数が得意な男の子だ。
クラスのいろんな係で、当番が一緒になったことも何度かある。
他の男の子に比べれば少し大人びていて、さくらとはなんとなく気が合う方だった。

でも、どうして翔くんが家に来たのだろう。
家の方向も違うし、もうこんな時間なのに、翔くんは今日学校にいたときと同じ格好で、学校のカバンも持ったままだ。
そして何より、いつもの翔くんの笑い顔ではなく、うつむいて、目のまわりも少し赤く、汚れているようだった。
状況が呑み込めないさくらに、お父さんは声をかけた。

「突然だけど、今日は翔（しょう）くん、うちに泊まることになったから」
「ええっ!?」
　驚いてお母さんを見ると、少し戸惑っているようでもあったが、お母さんはにっこり微笑んでさくらを見た。

「とりあえず、すぐに連絡してくれ」とお父さんはお母さんに告げると、お母さんは「ああ、そうね」と電話の方へ駆けて、クラスの連絡帳を広げ、どうやら翔（しょう）くんの家へ電話するようだった。
「じゃあ翔（しょう）くん、どうぞ、入って」
　お父さんが声をかけると、翔（しょう）くんは顔を上げ、さくらを見ると、少し申し訳なさそうに、小さく「おじゃまします」と礼儀正しく頭を下げた。

　お父さんはネクタイをはずしながら、「じゃあさ、翔（しょう）くん、おじさんと一緒に風呂に入ろうか」と、張りきったように言った。
　お父さんはこういう時、大きめの口から八重歯が少し出る。
　さくらはお父さんのこの表情がとても好きだ。
　さくらはそのお父さんの顔を見て、経緯はどうあれ、突然の訪問客を受け入れることにした。

　お風呂からあがった翔（しょう）くんは、食卓に並んだおかずを見て、「うわぁ！すっげえ」と声をあげた。

「おまえん家、ゴウカだなあ」
　そのセリフに、さくらもお父さんもお母さんもおじいちゃんも、皆どっと笑った。

「違うよ。いつもじゃないよ。今日は、私の誕生日なんだ」
「えっ！　そうなの!?　えっ……どうしよう、僕、知らなかった。知らずに来ちゃって……」
　翔くんは、皆を見回して、またうつむいてしまった。
　お父さんが、また八重歯を出して言った。
「いいじゃないか。こんな誕生日もあって。なあ？　さくら」
「うん」さくらは笑って答えた。
「じゃあ、ご飯食べようか。お腹すいたなあ」
　皆がテーブルを囲んで座った。

　四つの椅子のテーブルに、さくらは、お父さんと翔くんがお風呂に入っている間に、自分の勉強机の椅子を持ってきていた。

いつもはおじいちゃんのとなりだが、今日は、自分の勉強机の椅子で、皆を見渡せる位置がさくらの席になり、なんだか今回ほど、自分が主役に感じた誕生日はなかった。

家族以外の人が誕生日にいてくれるなんて思いもしなかったことだったけれど、とてもとても穏やかで心地よく、翔くんも学校での出来事をいつもの調子で面白おかしく話し、皆それを笑って楽しんだ。
家族だけじゃなくても、こんな空気が生まれ、皆を包み、あたたかい時間をつくることができるんだ。

さくらは、翔くんが知らずに家に来ることになったとはいえ、バースデーケーキが、いつもの四等分から五等分になったとはいえ、今日のこの時間を一緒に過ごしてくれたことを、心からありがとうと思っていた。

11　〜日曜日〜

　次の日は日曜日で、学校も会社もお休みだったので、翔くんはお昼も一緒にごはんを食べて、夕方お父さんが翔くんを送りに行く時間まで、さくらの家で過ごした。

　庭で一緒にバドミントンをしたり、さくらの家にある『ものしりずかん』を、ゆきを抱きながら読んだり、おじいちゃんの虫眼鏡を夢中になって探してくれたり。
　さくらにはいとこがいなかったけれど、翔くんはずっと前から親戚だったように、自然とさくらの家の時間に馴染んでいた。

「お世話になりました。ありがとうございました」

　翔くんは来た時と同じく、きちんとお辞儀をして、お父さんと玄関を出た。
　さくらはなぜ翔くんが突然家に来たのか、もう聞く必要も感じていなかった。

扉が閉まった瞬間に、さくらの家の空気や、外から聞こえる声や音は、いつもの色に戻った。
一瞬、さくらには、以前の色より少しどんよりと感じられて、こんな色だったっけ？　こんな音だったっけ？　と思うくらいだった。
でもそんな感覚もいつのまにか薄れて、さくらの家の“日常の色”になっていった。

その後もしばらく何度かは、お父さんは「翔くんは元気か」とさくらに尋ねることはあったが、さくらは「うん」と答え、お父さんは「そうか」と答えるだけだった。それで十分だった。
学校でも、何事もなかったかのように過ごしたので、さくらはずっと、あえて翔くんに話しかけることもなかった。

さくらは翔くんの誕生日が知りたかった。
他の友達に聞くのもなんだか恥ずかしくて、翔くんに聞こう聞こうと、ずっと心に思っていたが、なかなかタイミングがなかった。
さくらは、自分が誕生日を祝ってもらったから、翔くんの誕生日にも何かしたいと思っていた。
自分のおこづかいで買えるプレゼントで、何が喜んでもらえるだろうと、翔くんを見かけるたびに思っていた。

夏休みが、終わりに近づいていた。

この夏は特に暑くて、学校のプールも例年より期間を長く開放してくれていた。
さくらも毎日のようにプールに行って友達と遊んだ。
翔（しょう）くんとも時々、顔を合わせていた。

そのプールも夏休み最後の日になり、友達は皆口々に「宿題やっべえ」とわあわあ言いながら帰って行った。
さくらも友達と別れて、ひとり帰り道を歩いた。
帰って残りの宿題を終わらせようと、少し歩調を速めた。

後ろから声をかけられて、さくらは振り向いた。

翔（しょう）くんだ。
自転車に乗って、自分の家とは反対方向のさくらを追いかけてきたようだった。
さくらは驚いたけれど、ずっと頭にあったことが思い出されて、「やった。誕生日聞ける」と思った。

12　～土手の思い出（1）～

翔（しょう）くんは自転車から降りて、「ちょっと時間いいかな」と聞いた。
「うん、いいよー」さくらは快く答えた。

翔（しょう）くんは自転車をカシャンと止めて、土手に座りだしたので、さくらも続けて座った。

「あのさ、これ」と、翔（しょう）くんはポケットから小さな箱を取り出して、さくらに渡した。
「何これ？」
「ずいぶん遅くなったけど、誕生日プレゼントだよ」
「ええっ!?」
さくらは手のひらの小さい箱を、思わず両手で握りしめてしまった。

「おまえの誕生日の日、僕知らずに世話になったし。何の準備もしてなかったからさ。今になって悪かったけど」

翔くんは少し焼けて、さくらの父のように八重歯を少し出して、ちょっと照れくさそうに、申し訳なさそうに、伏せ目がちに話した。
「えー、そんなの！　私こそ祝ってもらって、楽しかったんだから！　……それより私こそ、翔くんに何かしたいなって、ずっと思ってたし」
まさか、自分がプレゼントを用意する前にもらってしまうとは思わなかったので、さくらは今までもたもたしていたことを悔んだ。
「おまえん家楽しかったよ。ありがとな」
次々にかけられる言葉に、さくらは申し訳なくなって言葉に詰まってしまった。
「それでさ……」
翔くんは唇をかみしめて、体育座りをしたひざに置いた手を、ギュッと力を入れて、なんだか詰まるものをむりやり押し出すように話した。

「僕、転校するんだ」
「ええっ!?」
さくらは思わず、体を翔くんの方へ向けた。
「転校……って……」
「うん……。親が、離婚するんだ。それで、引っ越すことになって。父親の実家に行くんだ」
「…お母さんは？」

「知らねえ。妹と一緒に、どっかで暮らすみたいだ」
「妹さんとも離れるの？」
「うん」

　さくらはあまりの突然の話に、何も考えられなくなって、ゆっくり体の向きを元に戻して、ただ、目の前の草を見つめるしかなかった。

「あの日さ、母さんとケンカしたんだ。
　ウチの両親、昔からずっと仲悪くて。会話もないし。ただ一緒に住んでるだけ。
　さっさと別れてくれた方がよっぽどいいって、ずっと思ってたから、別れてくれて、せーせーしてんだ。
　母さんはずっと言ってたんだ。
『あんた達のために離婚しないんだ。一緒にいるのは、あんた達のためなんだ』って。
　なんだそれって、ずっと思ってたよ。
“オレら子供のために、自分を犠牲にしてます”って感じ？　いらねえ。そんなの。そー思わねえ？
“オレ達のために、ウソも仕方ないんです”って？　冗談じゃねえ。
　そんな日が、ずっと前から続いてたんだ」

　翔（しょう）くんの口調は、ずっとずっと大人のようになっていた。

13　～土手の思い出（2）～

「あの日、おまえん家行った日、学校から帰ったら、母さんがまたそんな言葉吐くから、『子供のせいにすんな！』ってオレ、家飛び出したんだ。あんな家いたくねえと思って。

　飛び出してきちゃったから、金ねえし、くやしくて、誰にも言えねえし、なんか情けなくて。

　自分も、自分の親も、情けなくて。泣くしかできなくて。

　……そうやって歩きながら泣いてたら、おまえの父ちゃんに声かけられたんだ。『翔くんだよな？』って。

　オレ最初わかんなかったけど、授業参観で来てたの思い出して。

『よかったらウチ来るか？』って言ってくれて。『一晩くらい大丈夫だろ』って。

『家に着いてから翔くんのお母さんに連絡するから、今日はさくらと過ごしてくれよ』って。

　オレ行くとこなかったから、おまえの父ちゃんの言葉に甘えちゃって。

　感謝してるよ。ありがとうな」

さくらは、何も言葉が出なかった。
ぶんぶんっと顔を横に振るだけで、涙が溢れてきて、胸が痛くなって、声も思うように出せなくて、「ううっううっ」と情けなく震えるだけで、顔をふせて、何も、何も言えなかった。

「妹とは離れたくないよ。父さんだって、二人とも引き取るって言ったんだ。
でも母さん、なんて言ったと思う？『私だけのけ者にしないでよ』って言ったんだ。
そんな母親の元に行く妹がかわいそうだよ。
でも妹はまだ小さいし、母親のそーゆーとこ知らないし、母親に懐いてるし、無理に引き離せなかったんだ」

さくらは両手で抱えたひざに顔をうずめて、翔(しょう)くんの話を聞いてるだけしかできなかった。

「親は全然違うけど、なんか、おまえとは、考え方っつうか、なんか似てるっつうか、こういうことも話せるからさ。他のやつには話してないんだ。転校する前に、おまえには話したくて。
もう転校の手続きは済んでて、9月から、向こうの学校に行くんだ。プールも終わったし、オレも近々ばあちゃん家(ち)に行くから」

（そんな…そんな…）

さくらの心は、その言葉が繰り返されるだけで、何も返せなかった。

「聞いてくれて、ありがとな」
翔（しょう）くんは、つっかえてたものが取れてスッキリした表情で、さくらに笑った。
「じゃあ、帰るから」

翔（しょう）くんが立ち上がったので、さくらは慌てて「翔（しょう）くん！」と顔を上げた。
涙なのか鼻水なのか、顔中びっしょりで、男の子に見せられる顔じゃなかったかもしれない。

14　〜土手の思い出（3）〜

「誕生日…」
「え？」
「誕生日、教えて。翔くんの。私、ちゃんとお祝いしたいから。プレゼントだって用意したいし」
　さくらは胸に握りしめた小箱を見つめて言った。

　翔くんは、八重歯を見せてニカッと笑って答えた。
「おまえの誕生日の四日後だよ」
「ええっ !?」
「本当だよ。大丈夫だよ。オレ、ちゃんとお祝い、一緒にしてもらってたんだよ。おまえん家のみんなに。ケーキも食わせてもらったし。
　嬉しかったんだ、オレ。忘れないよ」

　翔くんは、横から照りつける太陽を、まっすぐ、何かを誓うように、しばらく見つめていた。
「じゃあな。おまえん家のみんなに、ありがとうございましたって伝えといてね」

翔くんは笑って駆け足で自転車に飛び乗り、「じゃあなーっ！」と手を振って、行ってしまった。

どのくらいの時間が経ったのか、さくらは翔くんの後ろ姿が見えなくなっても、ずいぶんその場に突っ立ったままだった。

翔くんにもらった小箱をギュッと抱きしめて、さくらは歩いている感覚もなく、もう宿題のことも頭になくて、ただただ、家路を歩いた。

どうしてもっと早く、誕生日を聞かなかったのだろう。

うちに来た日、どうしてもっと、翔くんの話を聞いてあげられなかったのだろう。

聞ける時間はたくさんあったはずなのに。

翔くんがさくらの家から自分の家に戻ってから、どんなにたくさん翔くんは傷つき、涙を流していたんだろう。

どうして今日の今日まで、話しかけることをしなかったのだろう。

さくらは自分が悔しくて悔しくて、悔まれてならなかった。

ただ後悔しかなかった。

家に帰って、夜になっても、お母さんにご飯よと呼ばれても、さくらは布団にもぐっていた。

　何度もさくらを呼ぶお母さんに、おじいちゃんが後ろから何か声をかけたようで、お母さんはしぶしぶ、さくらの部屋から出ていった。

　お母さんがドアを閉めるその入れ替わりに、ゆきがスッと入ってきたようだった。
　ゆきは、さくらのうずくまった掛布団の上に、ひょいと乗っかってきた。
　いつものようにしっぽを振りながら、「にゃー」とさくらに声をかけた。
　ゆきは、うずくまって山になっているお布団の上を、ふんふんうろうろ　二、三回まわって、さくらのお尻の辺りで、ゴロゴロ喉を鳴らして丸くなった。

「ううっうっううっ」

　何もできない自分。
　何もできなかった自分。
　何も、しなかった自分。

　悔しくて、自分が悔しくて、さくらはその晩、ずっとずっと泣いていた。

15　～後悔の夜～

ふと目を開けると、真っ暗な部屋は静まりかえっていて、窓の外からも、近所の家の生活音も話す声も聞こえない。

時計を見ると０時５０分。さくらは、いつの間にか眠ってしまっていたのだ。

隣の部屋の明かりが点（つ）いていたので、ドアの隙間から漏れた明かりで目が慣れてくると、さくらの部屋もわずかにぼんやり見えてきた。

さくらの足元で、ゆきが丸くなって眠っていた。

さくらは起き上がってカーテンを閉め、トイレに行こうと部屋のドアを開けた。

カチャッというドアを開ける音に、座ってテレビを見ていたお父さんが振り向いて、さくらに「おぅ」と声をかけた。

お父さんはお風呂から上がったばかりのようで、髪もまだ濡れたままで、タオルを肩に掛けて、お母さんが作り置きしていたビールのおつまみを一口二口食べたくらいの量がお皿に残っていた。

お父さんはこの時間の帰宅が多いので、いつもひとりでお風呂に入ってビールと夜食を食べている。

皆が寝ているので、テレビはわずかに聞こえるくらいの音量で観ているのだ。
「おかえり」とさくらは声をかけて、トイレに行った。

リビングに戻ると、お父さんはテレビの方を向いたままだった。
お父さんはさくらがパジャマではないことに気づいていたようだったが、何も言わずビールを飲みながらテレビを見ていた。

「お父さん」とさくらは声をかけた。
「うん？」と、お父さんは持っていた缶ビールをテーブルに置きながら返事をした。
さくらはそのままの場所で、お父さんの後ろ姿を見ながら話した。
「翔くんがね……」
「うん」お父さんは体をねじってさくらを見た。
「翔くんが……」
さくらはまた胸が詰まってしまい、言葉が途切れてうつむいてしまった。
それでも翔くんが「伝えといて」と言ったことを、きちんと守ろうと、それだけは守ろうと、さくらは続けた。

「翔くん、転校するんだって。それで、うちのみんなに……誕生日の日のうちでのこと、ありがとうございましたって……」
「……そうか……」お父さんは一言答えて、さくらを見た。
「寂しくなるな」
「うん」
「……そうか……」

胸が詰まって、また居たたまれなくなった。
「じゃあ、おやすみなさい」
「うん、おやすみ」
さくらはお父さんの顔すら見れずに、うつむいて足早に部屋に戻った。

薄暗いままで、さくらはパジャマに着替えた。
勉強机の上に、翔くんから貰った小箱が置かれたまま、窓からの月明かりにぼんやり照らされていた。

さくらは小箱を手に取ると、一番上の引き出しの、さくらのお気に入りの文具や、神社で買ってもらったお守りが入れてある同じ場所に、静かにそっと入れた。

そしてまた、お布団にもぐった。

16　～夏の朝～

　次の日、起きると、もうお父さんもお母さんも仕事にでかけた後だった。

　テーブルには、お母さんのメモ書きが置いてあった。
　さくらがパジャマのまま突っ立っていると、新聞を片手におじいちゃんがメガネをかけたまま入ってきた。
「おぅ、おはよう。起きたか」
　おじいちゃんはさくらの斜め前に、お父さんの席に座って、新聞を広げた。
　食事以外では、おじいちゃんは時々お父さんの席に座る。

　さくらは手を洗って、朝ご飯を食べることにした。
　そういえば、昨晩は何も食べていなかった。

　メモ書き通り、冷蔵庫からロールパンと、ラップされたハムエッグの皿と、ヨーグルトと、オレンジジュースを出してテーブルに移し、ラップをはがして「いただきます」と両手を合わせた。

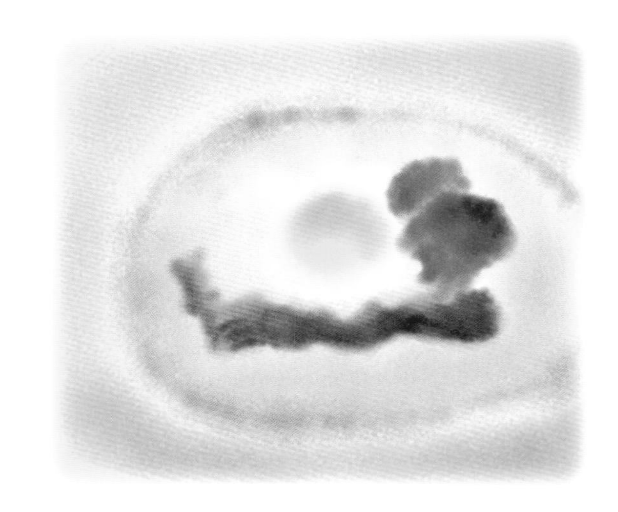

おじいちゃんは「はあい」と答えて、新聞に目を向けたまま続けて話した。
「さくら、これからおじいちゃん、畑に行くけど、どうする？　一緒に行くか？」

そうだった。

さくらは夏休みの自由研究で、『トマトの成長と収穫』をすることにしていた。
一週間ごとに絵日記のように記録をつけ、次はいよいよ収穫だとおじいちゃんと話していたんだった。

「うん、行く。ご飯食べたら用意するね」

いつもより起きる時間が遅かったので、太陽は既にぐんぐん暑さを増していた。

さくらは食べ終わるとお皿を洗い、てきぱきと身支度をした。
自由研究ノートと鉛筆の入った木綿の手提げバッグと、おじいちゃんに買ってもらった麦わら帽子を被って、玄関に向かった。

畑といっても、庭の隅にある、祖父特製の小さな家庭菜園だが、畑を囲う木製の柵や、畑の入口扉など、なかなか頑丈で、それでいて手作りの温かみと、男の人が作るとは思えないくらいの、かわいらしい趣があった。

さほど広くない畑に、トマトやきゅうりやナスといった夏野菜が、豊富に育てられていた。

おじいちゃんの作る野菜はどれも形よく、艶やかなものが多かったので、近所に時々配ると大変喜ばれて、そのお礼にと、さくらの好きなお菓子や果物を頂いたりすることもあった。

さくらは真っ先にトマトの方へ駆け寄って、成長記録をつけていたトマトの前にしゃがんだ。

毎回写生をして特徴を書くのだが、たった一週間で、赤みやみずみずしさや香りが変化することに、さくらは毎回驚かされた。

17　～収穫～

「さあ、獲ろうか」

　おじいちゃんは持っていたカゴを地面に置いて、さくらのトマトより少し奥にある、同じくらいの大きさに実ったトマトを左手で支えるように持つと、右手のハサミをトマトのヘタの少し上のところで止めて、
「こうやって持ちながら、この辺でこう、切るんだ」とハサミでパチンと音を響かせた。

「わかった」
　さくらはノートを一旦バッグに戻して、ハサミを受け取ると、おじいちゃんの姿勢を真似て「こう？」と確認した。
「うんうん。やさしくな」
「うん」
　トマトを下から支えると、思った以上にずっしり感じられ、さくらは、これまでの青かった時のトマトも、触って重さを確認しておけばよかったと思った。

パチンと思い切りよく切ると、トマトは重みで、ずどんとさくらの手のひらにうまった。
「わー……」と思わず声が出て、おじいちゃんもしわしわの笑顔で「はっはっはー」と笑った。
「じゃあ、他のトマトも頼むわ」
おじいちゃんはよいしょと立ち上がって、他の野菜を採りに行った。

夏野菜は、持って行ったカゴに山盛り採れた。
家に戻って、さくらとおじいちゃんは一緒に野菜をきれいに水洗いしてざるに並べると、さくらはそれも写生した。

お昼になったので、おじいちゃんはお母さんの作り置きしてくれていたおにぎりとお漬物を冷蔵庫から出して、テーブルに座った。
さくらは朝ご飯が遅かったので、お腹がまだ空いておらず、「もうちょっと後で食べる」と言って、そのまま写生した野菜に色を塗ることにした。

おじいちゃんがおにぎりを食べ終わって、お茶を飲みながらテレビを見ていると、空が急に曇り出し、雨が降ってきた。
「お、雨が降ってきたぞ」とおじいちゃんは席を立ち、外の洗濯物をしまいに行ったので、さくらも後を追いかけて手伝った。

午後は、おじいちゃんは友人宅へ採れた野菜をおすそ分けに持って行くがてら、将棋をする約束をしていたようだったが、雨が思うより強く長引きそうだったので、結局その日は、家にいることにしたようだ。

さくらもプールも終わったので、残った宿題をするために部屋に入った。
途中、お腹が空いておにぎりを食べに台所に出る以外は、ずっと机に座っていられた。
雨で少し暑さが和らいだのと、長い雨音が意外に宿題に集中できたからかもしれない。

お母さんの「ただいまーっ」の声がして、「おかえりー」と返事はしたが、読んでいた本がちょうど面白いところだったので、さくらは部屋を出ずそのまま読み続けていた。

気が付くとカレーのにおいがしてきて、さくらは急に、本の世界から戻ってきたように、はたと読むのをやめ、しおりを挟みなおし、部屋を出た。

18　～カレーライス～

　お母さんの「ごはんできたよー」の声に、皆がテーブルに集まった。

　ゆきも、いつもお母さんのこの声で、どこからともなくテーブルの下にやって来る。

「あ……」とさくらは思わず声が出た。
　今日採ってきたばかりのトマトときゅうりがサラダとして器に盛られており、そしてカレーの中に、ナスが入っていた。

　さくらは、ナスの料理があまり好きではない。

「おいしそうでしょう？　さくらがおじいちゃんと採ってきてくれた野菜、全部使ったからね」
　お母さんは笑顔でさくらに言った。

　……そういう風に言えば、さくらはキライなナスも喜んで食べると、お母さんは思うのだろうか。

よく世間では、キライな野菜を食べさせるために、母親は野菜を細かく刻んだり、他の食材を混ぜ込んで見えないようにしたりと、いろいろ試行錯誤すると聞くが、さくらの母親は、さくらが小さい頃から、そういう工夫を一切しないタイプだった。

なので、カレーの中のナスも、ゴロゴロとしたぶつ切りで、とても食べてみようとは思えない存在感だった。

おじいちゃんもさくらのそういう気持ちを察したようで、せっかくのカレーがさくらにとってテンションの下がるものになってしまったのなら、ナスは今日収穫するんじゃなかったと申し訳なさそうにしていた。

そもそも、前日の夕飯も食べずに落ち込んでいるさくらを見ているのに、次の日の食卓にキライなものを出すだろうか。

お母さんは昔からそういうところがある。
さくらや、お父さんやおじいちゃんが察したり感じたりする“空気”とか“感情”といったものが、お母さんには伝わっていないようなのだ。
翔(しょう)くんも、自分の母親の言動に不信感を抱いていたが、事(こと)の大小はあれ、『母親』というものはそういう特徴を持っているものなんだろうかと、さくらは思った。

　おじいちゃんがとなりで、そっとさくらに声をかけた。
「今は苦手でも、大人になったら急に好きになったりするから、大丈夫。じいちゃんもそうだった」
「そうなんだぁ」
　二人が顔を合わせて笑っていると、お母さんは
「おじいちゃん、甘やかさないで下さいよ」と遮った。

　少し温かくなった空気も、せっかくおじいちゃんの言葉に「一口食べてみようかな」と思った気持ちも、一瞬で消えてしまった。

　相手が「わからない」ということを理解すれば寂しくはない。さくらは心のどこかでそれを知っていた。
　でも、カレーのナスはやっぱりほとんど口にできず、トマトときゅうりのサラダだけ食べた。
「ごちそうさま」とさくらが席から離れると、おじいちゃんは「今日は収穫ありがとうな」と声をかけてくれた。
　さくらは「うん」と笑顔で答えて、部屋に戻った。

　部屋に戻ったさくらは、机の一番上の引き出しを開けた。
　翔（しょう）くんからもらった小箱が、リボンがついたまま、きちんと収まったままだ。

再び、翔（しょう）くんの力になれなかった自分への悔しさがこみあげてきた。

自分のことを理解してくれていた翔（しょう）くんに学校でもう会えないと思うと、またさくらの胸は、氷に亀裂が入るようにピシピシと、突き刺さるような、ちぎれるような痛みを感じるのだった。

19　～風に吹かれて～

始業式、担任の先生から、翔(しょう)くんの突然の転校を聞かされた。

皆、突然のことに驚き、怒る男の子も、泣き出す女の子もいた。

それでも、新学期が始まってみると、秋は行事がたくさんあることもあり、皆準備や練習に追われ、不思議なくらい、翔(しょう)くんの話題はなくなっていった。

さくらは、部屋の机の引き出しを開けるたびに、翔(しょう)くんの笑った顔が浮かんで、胸が締め付けられた。

合唱コンクールや体育祭、文化祭は、日めくりカレンダーが次々風に吹かれるように、慌ただしく過ぎていった。

気づけば、皆長袖の上着をはおるようになり、さくらの家では、その年は早々にこたつが出された。

さくらが帰宅すると、ゆきとおじいちゃんがこたつで出迎えてくれた。
こたつがリビングに出されると、さくらは、宿題をこたつですることが多くなる。

その日も、帰宅してうがいと手洗いを済ませてこたつに座ると、さくらは、そのままうつ伏せになってしまった。
いつもならすぐカバンから宿題ノートを出すので、おじいちゃんは「どうした？　疲れたか？」と声をかけた。
さくらは、「うん……。なんか疲れた」と、こたつに横になって寝そべってしまった。

さくらは、さくら自身、自分の体が着ぐるみのように感じることがよくあった。
自分は着ぐるみの中に入っていて、くりぬかれた穴の部分から、外を見ているような感覚だ。
その感覚は日によって強弱はあるが、皆も同じように感じているのだろうかと、さくらはいつも思っていた。

その日は特に、さくらの着ぐるみは、水をめいっぱい含んだかのようにずっしりと重く、思うように動かすことができなくなっていた。

上着一枚分の重みさえ早く軽くしたくて、ファスナーに手を持っていこうとするのだが、その腕すら、何かおもりを付けられているように、ぴくりとも動かせずにいた。

まるで体中から根っこのようなものが伸びて、床まで突き刺さっているかのように、まるで強い磁石が、さくらの体だけを地中から引き寄せているかのように、さくらは動けず、そしていつの間にか、さくらは眠ってしまっていた。

その内(うち)に、お母さんが帰ってきた。

カバンを放り出したまま、こたつで寝てしまっているさくらを見て、お母さんは思わず「やだーさくら、そんなとこで寝たら風邪引いちゃう！　お布団で寝なさいよー」と声をかけた。

さくらは起きない。

20　～霧(きり)の向こう～

「さくらー、さくら起きてー」と、お母さんはしゃがんでさくらの肩をゆすった。
　と、ふいに手を止め、
「あれ、さくら？　熱いよ？　お熱あるの？」と険しい表情になった。
　おじいちゃんは驚いて、「えっ！　熱？」と少し腰を上げた。
　お母さんはさくらを抱き上げて、
「おじいちゃん！　さくらの何を見てたんですか!?　熱があるじゃない!!」と叫んだ。

　おじいちゃんは何も言えず、腰を浮かせた体勢のままさくらを見ていた。
「おじいちゃん、さくらの足持って！」
　お母さんだけではさくらを持ち上げることができなかったので、おじいちゃんは、
「うん、うん」と慌ててさくらの両足を抱えた。

　二人はさくらの部屋のベッドにさくらを寝かせ、お母さんは上着を脱がせてすぐ体温計を持ってきてさくらの脇に挟んだ。

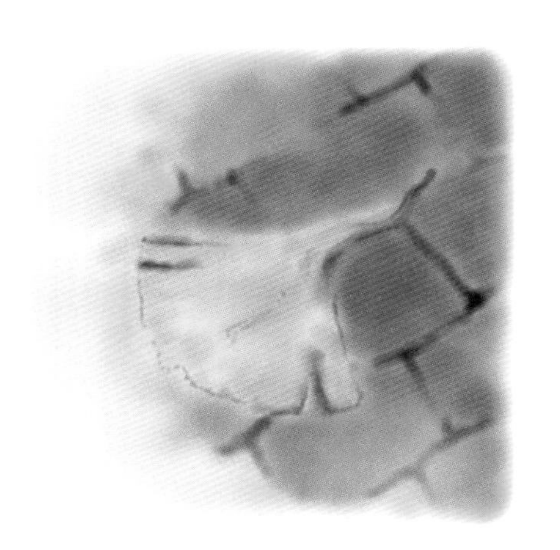

おじいちゃんは台所へ行って氷枕を準備した。
最初こそ動転していたが、こういう時は頭で考えるよりすぐ行動を起こせる人だった。

「7度9分……」
平熱が少し低めのさくらには高熱だった。
お母さんはおじいちゃんが用意した氷枕をさくらの頭の下に入れ、同じく持ってきてくれた冷やしタオルを額の上に置いた。
「まだこれから上がりそうだな……」
お母さんはそう言って立ち上がると、台所へ戻っててきぱきと自分の鞄の片付けや夕食の準備に取りかかった。

おそらく、額の冷やしタオルが新しく交換されたその瞬間ごとに、さくらは反応して少し目を開けた。
傍(かたわ)らにいるのはおそらくお母さんだろうが、一瞬目が開くだけで、すぐさま眠ってしまうのだ。

夢なのか、幻想なのかわからない。

自分はきっと眠っているのだろうが、目の前にあるのは、光。

白い、霧（きり）の中にいる。

霧（きり）は、まるで水滴の一粒一粒が光沢を放ち、反射しあってキラキラとまぶしく、全体的には白いのだが、反射が虹色を生み、どこからが地上でどこからが空なのかわからない。

それでも自分はその世界に佇（たたず）んでいるようで、光の先には、何かが存在していて、何かが待っていてくれている。

自分はそこへ行こうと、進もうとするのだが、どうしても前へ進めない。

何を動かせば動くのか、どこを動かせば進むのかさえ、感覚がわからない。

向こう側には、何かが待っていてくれている。

確かにそう感じるから進みたいのに。

声を出すこともできず、音もなく、ただ虹色の光の中で、向こう側の存在を懐かしく、愛おしく求めているだけなのだ。

21　～目覚め～

気が付くと暗闇の中にいて、二つの窓が同時に、ほんの少しだけ開いた。

ぼんやり灯っている照明が見える。
よく知っている場所だ。
そうだ。部屋の天井だ。自分の部屋にいる。

さくらは目を覚ました。
視界の左側から、わずかに、隣の部屋の物音が聞こえる。
さくらは顔を左に向けた。
その拍子に、何か濡れた感触が顔をずり落ちてきて、さくらは思わず手に取った。
タオルだ。濡れている。
そして頭の下には、氷枕が敷いてある。
ベッドのすぐ脇に、寝る前に読む本を置く小さな台が置かれているのだが、本の代わりに体温計が置いてあった。

そうか、自分は熱を出したんだ。

さくらは自分の額を手のひらで触ってみた。
いつも顔を触った時に感じる温度より、まだほてっているようだ。

体温計の少し奥に、蓋のついたストロー付きのプラスチックカップが置いてあった。
ずいぶん前にも、熱を出した時にこのカップで水を飲んだことを思い出して、さくらは手を伸ばしてストローに口をつけた。

水はとても気持ちいい冷たさで、さくらのほてった体内を一気に流れた。
「はー……」と思わずため息が出て、カップを取るために少し伸ばしただけの腕は、もう力が入らず、カップを置き戻しても、腕は伸びたまま、布団の中に戻すことができなかった。

帰宅してこたつから出られずにいた時から、どのくらい時間が経ったのだろう。
さくらは、ただぼんやりと、伸ばしたままの自分の手の先を見つめていた。
見つめてはいるものの、目に浮かんでいるのは、虹色の光の景色だった。
これからまた眠れば、あの景色が見れるだろうか。また、あの世界に行けるだろうか。もう一度、同じ夢を見たいな……。
そんなことを思いながら、さくらは再び眠りについた。

次に目が覚めた時、辺りは明るく、窓の外から、近所で飼われている犬の吠える声がした。

“マリーちゃん”という名前の、少し茶色の入ったマルチーズ犬で、マリーちゃんは郵便屋さんや宅配の人が側(そば)を通ると、姿が見えなくなるまでずっと吠え続ける。

知らない人に警戒して吠えているというよりは、くるんと巻いたしっぽをご機嫌に振り回して、飼い主さんに「誰か来たよ！　来たよ！　ほらほら！」と喜んで知らせているようだった。

さくらが通学で側(そば)を通る時も、窓の向こうで二本足で器用にジャンプしながら、
「さくらーおかえりー！　おかえりー」と言っているようだった。

22　～ゼリーとプリン～

　さくらは蓋付きカップに手を伸ばして水を飲んだ。
　今度は勢いよく、ストローでもゴクゴクと音が響くほど、一気に飲んでしまった。

　カラになってしまったカップを手で二回ほど振って、改めてカラを確認してしまうほど、少し飲み足りなさを思いながら、さくらはカップを元の位置に戻そうと手を伸ばした。
　と、その拍子に、手前に置いてあった体温計に触れてしまい、体温計がカタンと床に落ちてしまった。
　体はまだ重だるさが残っていたが、さくらは体温計を拾おうと、体を起こして手をめいっぱい伸ばした。

　体温計が落ちた音が隣の部屋に聞こえたらしい。
　カチッと静かに部屋のドアが開いて、お父さんが顔をのぞかせた。
「さくら、起きた？」
「うん」
　お父さんはすぐ寄ってきて、手を伸ばした先の体温計を拾ってくれたので、さくらはまた横になった。

「どうだ？　気分は」
　お父さんはさくらの額に手をあてた。

「うん。大丈夫。お水全部飲んだ」
「そうか。また持ってきてやるな。他に何か飲みたいものあれば持ってきてやるぞ。
ゼリーもプリンもあるぞ。食べるか？」
「うん」
「わかった。持ってくるからな」

お父さんはカラになったカップを持って、一旦部屋を出た。
ドアの向こうで、おじいちゃんの声が聞こえる。

お父さんがこの時間いるということは、日曜日なんだ。
じゃあ四日間も眠っていたことになる。
さくらは天井を見つめながら、四日前の学校の出来事や、友達とのやりとりを思い返していた。

お父さんが今度はノックをして、トレーに、お水とゼリーとプリンをのせて持ってきてくれた。
さくらは起き上がって、お水をまた少し飲んだ。
ゼリーとスプーンを受け取って、さくらは「今日、日曜日？」とお父さんに尋ねた。
「いや、今日は土曜。父さん今日仕事休んだんだ。母さんが、職場の欠員が多くて、今日はどうしても仕事に行かなくちゃいけないって。季節がら、風邪が流行ってきたんだろうな」

「そうなんだ……。お仕事休ませちゃってごめんなさい」とさくらが言うと、お父さんは八重歯を見せて笑った。
「何言ってんだよ。大丈夫だよ。ちょうど仕事が落ち着いてたし、おかげでゆっくりしてるよ」
　しゃがんだお父さんの背中から、白いしっぽが見えた。
「にゃー」とゆきが顔を出した。
　お父さんは、布団に乗ろうとするゆきを、大きな手で抱えて、ゆきの頭をなでながら
「さくら元気になってよかったなあ。でもまだ向こうにいような」と声をかけた。

「じゃあ、欲しいものあったらいつでも呼べよ」とゆきを抱え、部屋を出た。
　お父さんの後ろ姿の脇から、ゆきの白いしっぽがフリフリ、少し機嫌悪そうに揺れていた。

　さくらはほっとした。
　土曜なら、明日一日ゆっくりできる。
　月曜日には学校に行けるかもしれない。

　ゼリーの蓋を開けるのは、力が入らず少し戸惑ったが、オレンジの大きな果肉が入っていて、とてもとても、美味しかった。

23　～虹色の面影～

少しずつ体の重みが取れてきて、トイレに起きたり、台所でお粥を食べたりした。
おじいちゃんはさくらの姿を見て、「おぅ、さくら起きたか」とほっとした様子で、「すまんかったな」とさくらに声をかけた。
おじいちゃんはずっと、発熱していたことに気づけなかったことを、申し訳ないと感じていたようだった。

会話も楽しくできるし、着替えたりもできるけれど、少し動くと頭痛がしたり、目の奥がまぶしくて目を閉じていたいと感じることもまだあって、さくらはそのたびに、部屋に戻って横になった。

何かしらの病気ではないが、風邪くらいの症状でこんなに体調が悪くなることは、憶えている限り初めてだ。
体が急にだるくなったり重く感じたりすることは、さくらには割と日常的なことではあったけれど、これほど、水を含んだセメントのように重くて、とにかく早くこの着ぐるみから抜けたいと思ったことは、今までなかった。

さくらは、横になって目を閉じるたびに、あの夢が、虹色の景色がふっと浮かんできて、もっとずっとその景色のままで横になっていたいのに、あの穏やかな光の世界は一瞬で消えて、思い出そうとしても、もう浮かんでこないのだった。

起き上がっている時間は少しずつ長くなってきたものの、両親は、さくらをもう一日休ませることにして、月曜は、さくらはおじいちゃんと家で過ごした。

ゆきも、何かとさくらにくっついて、さくらがこたつで宿題を始めると、すぐノートの上に寝転がってきたり、消しゴムを転がしてじゃれ始めたりするので、さくらは何度も宿題を中断させられて、さすがに「もう、ゆきー！」と怒ってしまうほどだった。

おじいちゃんもそれを見て、「こらこら、また邪魔しちゃいかんよ」とゆきをこたつの上から抱き降ろしながらも、元気になったさくらのそのやり取りを嬉しそうに、愛おしそうに、目元をしわしわにして笑っているのだった。

次の日、ほぼ一週間ぶりの学校は、友達の顔も声も、黒板もチャイムも自分の席も、懐かしさと共に、自分の存在がそれまでなかったかのような新鮮さと、それでも一方で、自分を迎え入れてくれる異質さも漂っていた。

ふわふわと浮いているような感覚は二日ほど続いて、学校でも思いがけない瞬間に、あの虹色の世界がパッと頭をよぎることもあったが、三日もすると、いつもの日常に戻り、気になることもなくなった。

24　～不在～

　マフラーと手袋が欠かせない服装になって、「今年もあと○日」というフレーズが、広告やテレビ番組で毎日のように流れるようになった。

　さくらは期末テストに入っていて、いつもより早めに帰宅した。
「ただいまー」と家に入ると、いつもならリビングのこたつで迎えてくれるおじいちゃんがおらず、奥の部屋から「おかえりー」と声が聞こえた。
　さくらがカバンを下ろして、手を洗いに洗面所に行って戻って来ても、おじいちゃんはまだ奥にいて、うろうろと何かを探しているようだった。
　さくらが側（そば）へ行くと、おじいちゃんは探す体勢のまま振り向いた。

「ゆきがおらん」
「ええっ!?」

「じいちゃんも、今さっき帰ってきたんだ。ゆきがおらんと思って、さっきから探しておるんだが、見当たらん」

おじいちゃんは午前中に、年末年始の必要品の買い出しに、近所のスーパーに出たらしい。
ゲートボール仲間の久本さんが先日足をくじいてしまい外出できないので、おじいちゃんは買い出しの後、そのまま久本さん家に寄っていたのだ。
昼ご飯のお弁当も買って一緒に食べてきたので、さくらとほぼ同時間留守にしていたことになる。
朝ご飯の時、こたつの外側でゆきが丸くなっているのを見たのは覚えているが、外出する時は定かではなく、いつものようにこたつの中にいるのだろうと思っていたという。
帰宅してこたつに入る時に、中にゆきがおらず、見渡してもいつもいそうな所に見当たらないので、「ゆきー」と声を出して呼んではいるものの、いつもなら数回呼べばどこからともなく白い体を見せるのだが、今日は、しっぽの先さえ見つけられない。

ゆきは自分から外に出ることはなかった。

皆の外出時に玄関までついて来ることはあっても、子猫の時からその先はダメと教えられていたので、いつも玄関マットの上に座って、皆を見送ったり出迎えたりしてくれていた。

　昔、ゆきは一度だけ、リビングの窓からいつの間にか外(そと)へ出て、気づいたらおじいちゃんの畑までついてきていたことがあった。
　その時は皆仰天したが、それも〔誰かについていった時〕で、たった一匹で、自分から外に出るようなことは一度もなかったのだ。

　ましてや今は冬で、家の中でも一番温かい場所を選んで動かないのに、外(そと)に出るはずがない。

25　～不安～

　さくらとおじいちゃんは、何度も何度もこたつをめくっては、ゆきを呼んで回った。
　庭に出て、どこかに挟まって動けなくなっているかもしれないと、外（そと）の物置や自転車置き場、隣の家との塀の隙間や、二階の窓から見える危なそうな場所は全部、手分けして探した。
　家に戻れば、何となくゆきが帰っているのではないかと、またこたつをめくりあげ、同じ場所を、何度も探した。

　そのうちにお母さんが帰ってきて、事情を説明すると、お母さんは「きっとすぐ帰ってくるわよ。とにかく暗くなってきて寒いから、今日はもう外（そと）へ探しに行ってはいけない」と言い、おじいちゃんもさくらも、ゆきが帰ってくることを願いつつ、その夜は、口数少なく過ごした。

　さくらは宿題もテスト勉強も手につかず、途中で鉛筆を置いては、こたつをめくり中を覗くのだった。
　就寝時もまた、掛布団も毛布もめくり、枕の下も、何度も何度も起き上がって見るのだった。

　次の日も、ゆきは帰って来なかった。

　大人達も近所の方々に、ゆきが行方不明になったことを伝え、情報をもらえるようお願いして回り、さくらも、学校の友達に伝えて回った。
　学校の行き帰りの道は、友達とおしゃべりをしながらも、道の端を気にして歩いた。
　帰宅すれば、玄関にカバンを置いたまま、すぐ外（そと）へゆきを探しに行った。
　おじいちゃんも一緒になって探してくれたが、日が落ちるのが早く、すぐ暗くなってしまう。

　その日も、他のクラスの顔見知り程度の友達にも、さくらはゆきの話をした。
　すると、その友達のとなりで話を聞いていた女の子が口にした言葉に、さくらはショックを受けた。

「ネコって、死ぬときいなくなるっていうよね」
「え……？」
「ネコってね、自分が死ぬときわかるんだって。だから飼い主さんとかにそれを知られないように、自分からどっか行っちゃうって、おばあちゃんが言ってたよ」
　さくらは声が出ず、両手を思わず胸でぎゅっと握りしめた。
（そんなことは……そんなことは……）
　さくらが口をきけないままでいると、チャイムが鳴った。
　友達は、「見つけたら連絡するね」とさくらの肩をポンと叩いて、クラスに戻っていった。

その後の学校での出来事も、友達と何を話しどう帰ったのかも、さくらは覚えていない。

終業のチャイムが鳴り終わると同時に、さくらは友達とバイバイの言葉も交わすことなく、ただ走って、一心に家へと走った。

胸がしめつけられて、目の前の道や家は、みるみる水槽の中のようにゆらいで、ゆがんで、

（ゆきがそんなことするわけない。ゆきが、ゆきが、そんなこと絶対にない――）

と、ただ願って、家に戻っていることを願って、走った。

26　～不穏（1）～

　その晩もさくらは口数少なく、夕飯の後の宿題も、時間がかかっていた。
　何かを書いては消しゴムで消すのを何度も繰り返すだけで、１ページがなかなか進まない。
　おじいちゃんも、そんなさくらを横で黙って、心配そうに、同じ空気を感じていたようだった。

　お母さんは相変わらずそんな空気には無関心な様子で、いつまでも宿題をしているさくらに、「いつまでかかっているの、さくら」と声をかけてきた。
　その内（うち）に、お父さんが帰って来た。
「ただいまー」といつもより早く帰宅したお父さんは、リビングに入るなり「ゆきは？」と周りを見回した。

　しかしさくらがうつむき、ゆきがいないと感じると「そうか……」と鞄を下ろした。
　お母さんがお父さんの夕飯をテーブルに並べながら言った。
「やっぱり、死んじゃったのかもね…」

　空気が凍りついた。

　さくらもおじいちゃんもお父さんも、目を見開いてお母さんを見た。

　お父さんは少し横目でさくらを気にしながら、「おい」とお母さんを制止するように言った。
　お母さんは、凍りついた空気を少しも感じる様子もなく、続けて言った。
「でもネコって、死ぬ時期を知っていて、自分から姿を消すって言うし……。ゆきももう、そういう年齢でしょう」

　さくらは、今日学校で同じセリフを耳にしてショックを受けた言葉を、また家で聞かされてしまい、完全に凍りついた。
　鉛筆を持った手も、ノートを見つめる視線も、動かすことができなかった。
　おじいちゃんは、うつむいて固まっているさくらに、どう言葉をかけていいのかわからない。

「そう言えばさ」とお父さんがふと思い出して話し出した。
「母さん、あの朝、段ボール出す日だからって、この部屋から外(そと)に段ボール運ぼうとしてなかったか？」
「え？」
「たくさんあるからって言って、玄関から出さずに、そこの窓から外(そと)に出そうとしてなかったか？　俺が家(いえ)出る直前に、段ボールそこに集め始めてたよな？」

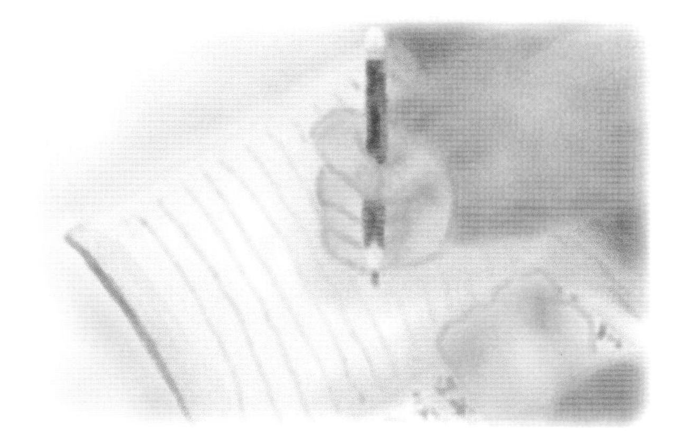

そういえば——と皆が思い出していた。

お母さんは、廃品回収などのそういう準備を、当日の朝に慌ててする傾向がある。

収集日もわかっているのだから、前日までに用意しておけば、朝ラクだし、お父さんもおじいちゃんも出すことくらい手伝うのに、なぜか手伝ってもらうこともせず、当日の朝バタバタとし始めるのだ。

27　～不穏（2）～

　朝は皆各々支度があるから、リビングにずっと集まっていることはない。
　おじいちゃんも、毎朝ご飯を食べ終わると、朝のバタバタの邪魔にならないように、一旦自分の部屋に戻るのだった。

　あの朝の光景は、さくらも覚えがあった。
　さくら自身も朝の準備で、部屋や洗面所を往復するので全て見ていたワケではないが、確かにその朝、段ボールがいくつか、リビングの窓際に集められていた。

　お母さんは、両手で抱えられるくらいの大きな段ボール箱の中に、潰した段ボール箱をまとめて入れていた。
　潰す手間を省いたのか、小さめの箱はそのまま入っていたのもあった。

　年末に入るとお届け物が増えるので、隔週での収集日を一回逃すと、結構な量になる。
　お母さんは一度では抱えきれなかったので、収集場を往復したのだ。

　その間に、窓が開けっ放しだったかもしれないのだった。

ゆきは、その間に外に出たのかもしれない——。
皆がそれを想像した。

「え……私のせい？　…」と、お母さんは少し顔色を険しくしてつぶやいた。
「誰のせいとは言ってないよ。ゆきが外に出た可能性があるのは、その時じゃないかって言っただけだ」

さくらには、お母さんの言葉は聞き覚えのあるセリフでもあった。
翔くんを思い出していた。
翔くんの母親もさくらの母親も少し似ている。

お母さんは皆に背を向けて、洗い物を始めた。
水の流れる音だけが、ずいぶん長い間続いていた。
さくらは宿題の内容も頭に入らないまま、ノートを閉じ、「お風呂に入ってくる」と立ち上がった。
おじいちゃんとお父さんが「おぅ」と答え、お母さんは後ろ向きのまま、「はい」と言った。

ゆきは、今頃何をしているだろう。
外で、怖い目にあっていないだろうか。

ケガして、動けなくなっているんじゃないだろうか。

押し寄せてくる不安に、さくらは湯船の中で思わず頭を振った。
いや、帰ってくる。絶対帰ってくる。帰ってきてゆき！！　帰ってきて！！
さくらは頭からシャワーを思いきりかけて、いつもより力を入れて全身をガシガシと洗った。

28　～心配～

布団に入ると、朝こたつで丸くなっていたゆきの姿と、リビングに置かれていた段ボール箱と、背を向けたお母さんの姿と、翔(しょう)くんとの土手の景色が、入れ替わり入れ替わり頭に浮かんできた。

どうすればよかったのか、どうしたらいいのか、どういう言葉を誰にかければいいのか。
ぐるぐると落ち着かない頭の中を、さくらはどうにかしたくて、何度も何度も寝返りをうった。

どれくらい時間が経っただろうか。
寝返りをうつことにも疲れて、さくらは上を向き、天井を見つめた。

と、ふいに、ゆきがあくびをしている光景が浮かんだ。
ゆきは、周りがどんなにバタバタしていても、ケンカのような空気が流れても、いつもあくびをした。
皆がテレビを見て笑っている時は、丸くなってしっぽをとんとん動かしていた。
ゆきには、人間の日常というものが、いつもどんな風に映っていたのだろう。
さくらはふいにあくびが出て、そのまま眠ってしまった。

ゆきが帰って来ないまま、年末を迎えた。

毎年家族で大声で笑って観るテレビ番組も、こたつで食べる甘いみかんも、冬休みになるとおじいちゃんがどこからか出してくるオセロゲームも、ひと通り楽しむのだけれど、無邪気にただ楽しむことに集中できないのだ。

ゲームも、終わってしまえばあっさりしたもので、ただ淡々と片付けたり、次の動作をしているだけだった。

ゆきはテレビを観て一緒に笑うこともないし、みかんを取り合うこともない。

ゲームで勝ち負けにこだわることもない。

何も話さず、加わることもなかった存在なのに、いないというだけで、こんなにもこんなにも、当たり前だった日常が、まるで違うものになってしまうのだろうか。

お母さんが年越しそばの準備に取り掛かった時だった。

台所の窓にチラつく外の景色に気づいて、お母さんが手を止めて言った。「あ、雪が降ってきたよー。寒いはずだわー」

そのセリフに皆、一斉にこたつを出てリビングの窓辺に集まった。

小さな白い粒が、ふわりふわりと、でもしっかりと着地点を決めているように、地面に落ちていった。
まるでさっきテレビで観た、マジシャンの手から次々飛び出してくる花吹雪のように、暗い空の上から、白い粒が次々と生み出され、空気は一層キーンと冷やされて、音もなく、暗闇で生まれて、消えていった。

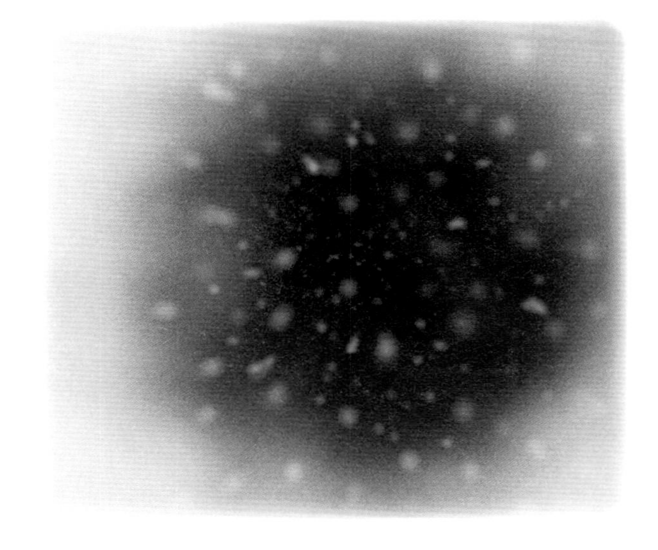

さくらはふいに、となりのお父さんを見た。
お父さんの目には、ゆきを連れて帰ったあの日のことが映し出されているようだった。
さくらがそれを知る訳もないのだが、お父さんの目の奥の光景を、さくらは想像することができた。

ゴーン、ゴーンと、テレビから除夜の鐘が響いてきた。
「あっ！　0時になっちゃった！　みんな早く！　年越しそば食べちゃって！　明けましておめでとう！」

お母さんの声に、皆窓を閉め、こたつに戻った。

29　～願い～

元日の朝、前の晩の雪は、庭木の葉っぱや道路わきに少し白色を残すだけで、積もることもなかったので、さくら一家は例年通り、初詣でに神社へ出かけた。

例年通り、といっても、朝方かなり冷え込み、さくらも布団からなかなか出られずにいたので、家を出る時間は、例年より遅くなった。
ご近所の人達もそうなのだろう。
遅めに神社に着いても、毎年神社で会う顔ぶれに、時間のズレはさほどなかった。

さくらはお参りの列に並び、右のお父さんと、左のおじいちゃんと、誰かの背中と誰かのアゴの下の間で、少しずつ少しずつ前へ進みながら順番を待った。
ポケットから、誕生日に貰った小さながま口財布を出して、小銭を握りしめた。

お願いすることは、決まっていた。

毎年、初詣での時に両親から【学業祈願】の御守りと、おじいちゃんからは【健康祈願】の鈴を買ってもらっていた。

さくらは家に帰ると、早速御守りをカバンにつけて、鈴を鍵につけた。

さくらはこの年に中学生になるので、何かの時のために、家の勝手口の鍵を渡されたのだ。

鍵は、一番上の引き出しに入れておいた。

引き出しを閉めようとした時、鈴が、となりの小箱に当たって“シャン”と小さく音を立て、さくらは思わず引き出しを少し引き戻した。

翔（しょう）くんからもらった小箱を、まだ開けていなかった。

なぜか、ずっと開ける気持ちになれず、中を見ないままだった。

自分は結局、プレゼントを渡すどころか、何かを選んで買うこともしていない。

あれから何度か、両親と買い物などに出かけた際、スポーツタオルやサッカーボールのキーホルダーを見かけたりすると、プレゼントにしようかと思った時もあったが、なんだかちゃんと選んでいない気がして、またずるずると、先延ばしにしてしまっていたのだった。

（こんなんじゃ、いつまでたっても買えないな…）

さくらは唇をかみしめた。
さくらは小箱を取り出して、フタをそっと開けた。

「あ……」思わず声がもれた。
小さな小さな、白ネコの置物だった。

ネコの傍（かたわ）らには、お皿にのった三色団子が置いてあり、ネコの頭の上には、ピンク色の、桜の花びらが一枚のっかっている。
小さな白いネコは、まるでどんな日常も平和で穏やかであるかのように、大きく口を開けてあくびをしているのだった。

涙があふれてきた。
でも今度は、胸を締め付けるものではなく、さくらは、笑っていた。
あったかい。あったかい。あったかい。
さくらは、あふれてくる涙を袖でふきながら、笑って、あくびする白ネコの小さな頭を指でなでていた。

30　～ボクの声（1）～

　はじめに話したように、ボクは、この地球に体験学習をしにやって来た。

　生まれる場所を選び、家族を選び、肉体を持ち、伝わらない感情を抱きながら、地球独特の大地と時間の中で、ボクは、『さくら』として生きている。

　幼少期は、人間としての自己の確立と、『ボク』という意識が混在する中で成長していく。

“未熟だからこそ”という表現が分かりやすいかな。
　この成長期の中では、外部からの、どんなに複雑で多様な刺激も、〔吸収されていくのみ〕なんだ。

　肉体というのは本当に不思議なもので、脳が記憶したことと、体感として覚えたことは、必ずしも同じ記憶の引き出しに入らない。
　小さい頃のケガの痛みを忘れているのに、同じシチュエーションに遭遇した瞬間、体はその動きを止めたりよけたりするんだ。

　ボクの世界では、ボク達は生まれた時から、……というより、“溢れ出る誕生”よりも前から、あらゆることがインプットされている。
　でもまだ完全体ではないから、“先生”のような完全体に近づくために、ボクらには体験学習が与えられている。
　そしてそれはまた、“先生”が完全体を維持するためにも必要なんだ。

『さくら』は、ボクの着ぐるみとして生きている訳じゃない。

　さくらはさくらとして生き、さくらの幼少期の体験は、さくらの心と体にインプットされる。
　ボクの世界のように、そのインプットしたものを好きな時に出したり消したりするような、意識的なコントロールはできないけれど、その記憶は、確かにさくらの一部になる。

　さくらは知らないことだけど、ゆきが姿を消した時、ボクはゆきが去ろうとするのをわかってたのに、どうしても、さみしいって思っちゃったんだ。
　そしたらね、ゆきは去り際振り向いてくれた。
　ボクは何も言葉が出なかったんだけど、ゆきは言葉をかけてくれたんだ。
　すごく得意げに、カッコ良くキメて、それでいてゆきらしく、愛情たっぷりに、
「どや。こんなもんやろ？」って。

ボクは笑って、頷(うなず)いて、ゆきを見送ったんだ。

どこかで、違う形になって、また会える。

ゆきもそれを知ってる。

第２部

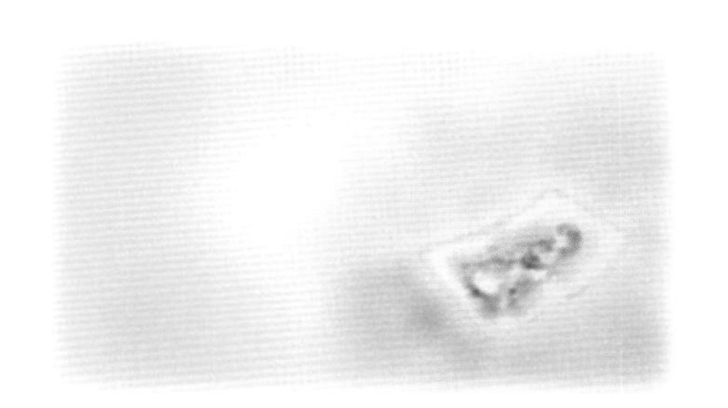

31　～歌（1）～

中学校に入ると、さくらは、合唱部に入った。

声にのせて、自由自在に音を奏でられることに、さくらは、この上ない喜びと幸福感に包まれた。

喜びにあふれた音は、音が出た瞬間、まるで花がぱっと咲くように弾けて、空気の粒が浄化されていく。

さくらの声だけではなく、合唱は皆の声が響き合い、次々と音の花を咲かせながら、輝いて上へ上へと上昇していくのだ。

さくらにとって、合唱部での活動は、自分が自分でいることの“居場所”のような感覚でもあった。

歌を歌う瞬間は、〔頭の中〕ではなく〔心の中〕の映像が目の前に映し出される。

白い、白い光と、木漏れ日のような輝きと、シャボン玉の中にいるような、虹色が揺れる世界。

友達とギクシャクしてしまった日も、家族と些細なことでケンカした日も、ちぎれそうな痛みは、歌っている間は消えてなくなるのだ。

　学校でも自分の居場所を見つけられたことで、さくらは周りと自分の〔目に見えない違い〕も疎外感も、気になることではなくなっていた。
　何より歌が、どんな日も充実した一日に変えてくれたし、さくら自身、〔歌えば変わる〕ことを意識して過ごしていた。

　中学生活は、部活動とテスト勉強の繰り返しの毎日だった。
　毎日がどんどん上書きされていくような速さで過ぎていったが、二年生になるとその感覚にも慣れてきた。

　今日はテスト前で、部活動は休みに入った。
　さくらには、数か月前から、部活動が休みの日は、帰宅前に必ず寄るところがあった。

　さくらは中学校まで自転車で通っていた。
　この日の帰りは、まず自転車で駅に向かい、電車に乗り二つ先の駅で降りて、バスに乗った。

小高い丘の上に、病院がある。
さくらはもう何回も通っているので、バスを降りてから病室までの通路も、エレベーターの乗り降りも慣れたものだった。
途中の通路で、顔なじみの看護師さんが声をかけてくれて、さくらも笑顔で挨拶した。

各病室の入口に、手の消毒液が置いてある。
さくらはいつものように、消毒液を手につけながら、病室をのぞいた。

六人部屋の真ん中のベッドに、祖父が座って本を読んでいるのが見えた。

32　～歌（2）～

　さくらは「こんにちは」と周りの患者さん達に挨拶しながら、病室に入った。

「おぅ、さくらちゃん」「さくらちゃん、こんにちは」
　祖父より先に、同室の患者さん達が声をかけてくれる。

「おぅ、来てくれたのか、ありがとう」
　祖父は、右手が点滴中なので、左手で小刻みにたどたどしくメガネを外し、本と一緒に横に置いた。
　さくらは母親から預かった荷物をいつも通り手際よく、棚にしまったり、新しく交換したりしてひと通り終えると、ベッドの傍（かたわ）らの椅子に座った。

「やっぱり、おじいちゃんが育ててるようには、全然うまくいかないってお父さん言ってた」
　祖父は、めずらしく、少し大げさに「はははあ」と笑って言った。
「そりゃ毎日のように見てないと、なかなかだろう」

祖父の入院で、家庭菜園の世話を父が買って出たのだが、父も畑は幼い頃に手伝いをした経験があるだけで、世話も仕事が休みの日曜にするくらいなので、なかなか難しいようだった。
しかし、それは結果的には、父の内なる負けず嫌いに火をつけたようで、野菜や畑に関する書物を購入してきて読んでいるようで、ここにきて父の新たな趣味になりつつあるようだった。

祖父の見舞いとはいっても、さくらが来ると、同室の患者さん達が話しかけてくるので、さくらは見舞いの間、ほとんどおじさん達の話し相手になることが多かった。
しかし、さくらにとってもそれは特に嫌なことではなく、部活がない時の良い気分転換の時間になった。
同室のおじさん達も皆感じ良く親切で、話も楽しかった。

つい一週間前、さくらが病室を訪ねた時、同室の患者さんが一人、病状が急に悪化してしまい、他の病院に移ってしまっていた。
病院は、そんなことが予期せず起こる日常なのだ。

「さくらちゃんの歌がまた聞きたいなあ」
窓際のベッドの野口さんが、あぐらをかいた足をさすりながら話しかけた。

以前、さくらが合唱部と知った病室の皆が、一曲歌ってくれとさくらをはやしたて、さくらは病室で皆に歌ったことがあった。
　もちろん病院だから、話し声程度にしか声は出せないし、さくらもしぶしぶ応えるかたちで歌っただけだったが、皆はそれを心から喜んでくれた。

　音が出ないよう手拍子を打ってくれたり、リズムに合わせて体を揺らしてくれたり。
　さくらはここが病院でなければ、もっと皆に歌を聴かせてあげたいと思っていた。

33　〜歌（3）〜

野口さんは祖父より少し年上で、祖父が入院した時には既(すで)にこの病室に入院していたセンパイだ。

入院の初めのころは、持ち物に忘れ物があったりすると、「これ使いなよ」とか「下の売店にあるよ」とか、快くすすんで教えてくれた。

野口さんも歌が好きで、さくらのことはとても可愛がってくれた。

病気のせいか声がかすれ、初めて会った時に比べると、今はかなり声を出すことが辛そうに見える。

でも本人は歌もおしゃべりも大好きらしく、声を出さないでいても、豊かな表情と愛嬌ある仕草で、どんどん会話に入りその場を楽しくしてくれる人だった。

野口さんの声かけに、また他の皆も次々に、「聞きたい聞きたい」と賛同した。

歌を聴くためにきちんと座りなおす人もいて、さくらは「えー……」と耳の後ろをかきながらも、この場で歌える歌を考えた。

病院なので、短い曲で、皆が知っている童謡曲だ。

祖父も、満面の笑みで、さくらが歌いだすのを待っていた。

「えー、じゃあ、はい、歌います」と恥ずかし気に、一度座り直しながら皆に答えた。
「わあっ」と皆が笑って、音が出ない拍手をした。
　小さな声で、さくらは、やわらかに声を出した。

　音は、わずかな風に揺れる糸のように、ゆるやかに、やさしく流れた。
　細くて、繊細で、やわらかい音は、聴いている皆のそばを通ると、さくらの声を求めている気持ちと混ざり合い、色が変化するのだ。

　変化した瞬間、音は、その場でくるりと回転して上昇し、わずかに温かくなる。
　上昇しながら、また風のように流れて、となりの音とぶつかると、また変化し、回転し、上昇する。
　その繰り返しを、皆はとても心地よく感じ、目をつぶって、さくらの声に聞き入っていた。
　ほんの数分間だったけれど、歌が終わると、皆は「わあっ」と笑顔にあふれ、「ありがとう」「さくらちゃんの歌は元気になるなあ」と心から喜んでくれた。

病院はいろんな患者さんがいるから、歌うことは好ましくないことは、さくらも皆も承知していることだが、さくらは、病院こそ、歌や音楽に触れられるスペースがあっていいんじゃないかと思うのだった。

家に帰ると、母が先に帰宅して夕ご飯の支度をしていた。
と言っても、さくらより30分前くらいに帰宅したばかりのようで、まだスーパーの買い物袋にいくつか商品が入ったまま、テーブルの上に置かれていた。
「さくら、お風呂のお湯入れて先に入ってくれる？」とフライパンで炒め物をしながら母が言った。
「うん、わかった」とさくらは鞄を置いて、浴室でお湯はりをした。
母が台所から、炒め物の音を続けながら「おじいちゃんどうだったー？」と聞いてきて、
さくらは「元気だよ、変わりない」と今日の祖父の様子を母に伝え、自分の部屋に入っていった。

お風呂からあがると、さくらの分の夕食ができていて、
「じゃあ、お母さんお風呂に入ってくるね」とパタパタとスリッパの音を立てて、せわしなく母はリビングを離れた。

祖父が入院してから、母はパートの仕事を残業することが度々あり、平日の夕飯は皆別々にとることが多くなっていた。
さくらも夕飯を済ませたらすぐに、自分の部屋に入ってテスト勉強を始めた。

34　～喜び～

テスト期間中は雨が降り続いていたが、最終日の朝、さくらが目を覚ますと、久しぶりに窓から清々しい青色が差し込んできた。

少し寝不足気味ではあったけれど、青空と、今日からまた部活が始まるので、さくらは自分でも、心が軽やかでワクワクしているのを感じていた。

さくらが朝食のテーブルにつくと、父はもう先に座って食べていて、「おはよう」とお互いに声をかけあった。
昨晩も父は帰宅が遅く、さくらが寝る前に台所に水を飲みに行った時、テーブルには父の夜食がまだラップされたままで、お風呂場からザバザバとお湯の音が聞こえていた。
それでも毎朝機嫌よく起きてくる父を、さくらは尊敬していた。

「テスト勉強ごくろうさん」と父はさくらの斜め前の席から声をかけた。
「今日で終わり。今日から部活だよ」とさくらは答えた。
「そうか」と父は勢い良くご飯を口にかきこんだ。
　目玉焼きを卵かけご飯のように、ご飯に混ぜ込む食べ方を父は好んでいた。
　母も父の隣に座って、「いただきます」と食べ始め、続けて母は話した。

「さくら、おじいちゃん近々、退院できるって」
　さくらは目の前がぱあっと明るくなって、「え、ほんと？」と顔を上げて母を見た。
「うん。今日、お母さん病院寄って詳しいお話聞いてくるから」
「わかった」
　さくらのワクワクは更に膨らんで、自然と笑顔になり、お箸で口に入れるご飯も大きくなって、さっきまでぼんやり食べていた朝ご飯も、あっという間に食べ終えてしまった。
　さくらは気づいていないが、父も母も、さくらのその姿を、微笑んで見ていた。

翌週の日曜日、祖父が退院した。

さくらは午前中は部活だったので、祖父の迎えに両親と同行できなかった。

部活が終わると、さくらは急いで家に帰った。

玄関に着くと、ドアを開けながら

「ただいまー！」と、首を伸ばして声を張り上げた。

下を見ると、祖父の外出靴が揃えて並んでいる。

さくらは思わず微笑んだ。

奥から「おかえりー」と声が聞こえ、さくらは急いで靴を脱ぎ、つまずきながらスリッパを履いて中に入った。

廊下からリビングに入る扉は引き戸で、さくらは勢いよく開けた。

さくらの視線の先に、祖父がソファに座って、右手を上げて笑っていた。

ふわりと温かくなって、さくらは笑って祖父を見て言った。

「おかえり、おじいちゃん」

祖父も同じ笑顔で、

「おぅ、さくらもおかえり」とさくらに応えた。

皆、笑顔だった。

「さくら、手洗いしてきちゃいなさい」と母が声をかけ、「はあい」とさくらは鞄をその場に置いて、笑顔のまま、洗面所に駆けた。
　嬉しくて、嬉しくて、普段の自分の表情がどんなだったか忘れてしまったくらい、笑った顔が戻らなかった。

　祖父は、日常生活や食事に特に制限はないが、しばらくは通院が必要らしかった。
　母は祖父の入院以来増やしていた勤務時間を再び減らす予定だが、今月のシフトは長いままなので、さくらはなるべく早く帰宅しようと思った。

「さくら、野口さんが、さくらによろしく伝えといてくれって言うてた。さくらちゃんの歌が聞けないのが何より寂しいとさ」
　野口さんのしわしわの笑顔が頭に浮かんだ。
「うん。また時間みて、野口さんのお見舞いに行って来る」
「そうだな」
　祖父は、笑顔だが、やはり少し疲れが見てとれた。
　母が台所の方から、「おじいちゃん、少し横になる？」と声をかけ、祖父はゆっくり「うーん…。そうだなぁ」と答えた。
　さくらは祖父との会話を名残惜しみつつ、祖父の体調を気遣い、自分も部屋に入って着替えと片付けをすることにした。

35　～缶の中の思い出～

　祖父が退院して二週間ほど経った。
　さくらはその日の部活が、顧問の先生の都合で急遽休みになったので、夕方前には帰宅できた。

「ただいまー」と家に入ると、奥から「おーぅ」と小さく返事が聞こえた。
　うがいと手洗いを済ませてリビングに行くと、祖父は奥の部屋にいるようで、さくらは様子を見にそおっと奥をのぞいた。

　祖父は開けた窓際に外を向いて座って、膝の上の何かを見ていた。
「ただいま」ともう一度声をかけると、祖父は振り向いて微笑んだ。

「おかえりー。今日は早く帰れたんか」
「うん」
　祖父の傍らに、四角い缶の箱が蓋を開けて置いてあり、中には、古い写真や手紙がたくさん入っている。
　祖父は写真を見ているようだった。

「写真見てるの？」とさくらは祖父の隣にしゃがんだ。
「ああ。むかーし昔の」
　祖父は視線を膝の上に戻し、片手で眼鏡をかけ直して言った。

　さくらの知らない、色褪せたモノクロの世界だった。
　家も、車も、服装も、今とはまるで違う、別世界だった。
　さくらは、学校の授業やテレビなどで、この時代の写真や映像を見るたび、この時代の人々の暮らしがどんなだったか、イメージすることができなかった。
　食事も暮らしもまるで違う。
　今は、扉を開ければいつでも冷たい飲み物が飲めるし、どんなに寒い日でも、スイッチを押せばすぐに温かいお風呂に入れる。

　さくらが小学生の時に、水道管が凍ったり何かの理由で、蛇口から水が出ない日を経験したことがある。
　水が出ないというだけで、当たり前のことが突然、何もかも当たり前にできなくなった。
　飲むこと食べること、トイレに行くこと、洗うこと、全てが回らなくなってしまうのだ。
　再び水が蛇口から出た時の、感動と感謝は大きかった。
　でも、何日かすると、その感動を忘れてしまう。

さくらはモノクロ写真を見つめながら、何も言葉が出てこなかった。
この世界では、便利が行き届いていない暮らしの中に、更に戦争という情勢が加わったのだ。

その世界を、祖父は生きたのだ。

祖父は両手でゆっくりと、一枚ずつ丁寧に、重なった写真をめくり見つめていた。

ある一枚の写真に、さくらはふと目が留まり、「あっ…」と思わず声が出た。
趣や立ち姿が、さくらに似ている女性が写っていた。
今のさくらの髪形や服装とはずいぶん違うので、印象も違うが、もしさくらがこの時代にいたら、こんなふうだったのではないかと思うくらい、さくらも不思議な感覚だった。

写真に目が釘付けになっているさくらに、祖父が声をかけた。

「ばあちゃんの若い頃のだ」

36　～写真～

「え？　おばあちゃん？　この人？」
「そうだよ」
　モノクロで着物姿、顎(あご)先までのショートボブヘアで、毛先に少し巻き癖がある。
　祖父は顔のしわを更にしわしわにして写真の女性を見つめて答えた。
　さくらも初めて見る、祖父の笑顔だった。

　さくらは今まで、祖母の写真をきちんと見たことがなかった。
　祖父の部屋の小さな仏壇にも、祖母の写真は飾られていない。
　父が幼い頃に亡くなったと聞いていたけれど、家族の間でも、祖母の話題はほとんどなかった。
　改めて思えば、なぜこれまでなかったのか不思議に感じるほどだった。

「ばあちゃんが二十歳(はたち)前の、学生の頃の写真だ」
　着物姿のせいか、さくらには、もっと年上に見えた。

「この写真見て、じいちゃん結婚決めたんだぁ」
「そうなの？」
　祖父は写真を見つめながら、静かに続けた。

「そん時はもう、じいちゃんも戦争に行くことが決まってたんだ。
　いつ死ぬか分からん身だから、戦争に行く前に嫁もらえって言われて…、まぁ、当時はそれが当たり前だったんだが。
　じいちゃんは嫁なんかいらんと思っとった。自分は死にに行くんだからな。
　嫁なんかもらってしまったら、嫁として残された方がかわいそうだ。
　だから結婚話はずっと断っとった。
　でもある時、ここん家（ち）の娘がうちに嫁に来たいと言うてるからと、写真をよこしてきたんだ。
　その写真がこれだった。ばあちゃんだ。会うだけ会おうという気になってな」

「おばあちゃんは、おじいちゃんが戦争に行くこと、知ってたんでしょ？」
「知っとったよ。もちろん。知ってて、敢えて嫁に来たいと申し出たんだ。
　ばあちゃんと会った時、じいちゃん伝えたんだ。
『嫁として独り残す身にするのは、あんたがかわいそうだ。自分も辛い』とな。
　そしたら、ばあちゃん言ったんだ。

『自分は小さい頃から体が弱くて、皆のおかげでここまで生きてきた』と。『今生きているのならば、生きて自分ができることを全うしたいのだ』と。
『どっちにしたって、戦争という世の中になってしまった。誰がいつ死ぬかわからん時代だ。
だからこそ、人として、女性として生まれてきたならば、人として日常を生き、女性として嫁になり、母となって生きたい』と。
『その自分の願いを叶えさせてくれ』と、じいちゃんに頼むように、話したんだわ。
その言葉で、じいちゃんも覚悟決めたんだ。この人の夫になろうってな。
…正直、自分が怖かったんだな。誰かの夫になることも、誰かを残して自分が戦争に行くことも。
ほんとは、写真見た時、この人と結婚したいってすぐ思ったんだ。
でも怖がって、言い訳してカッコつけてたんだ。
ばあちゃんの方が、よっぽどかっこいいって思ったよ」

さくらは写真を見つめたまま、黙って祖父の話を聞いていた。
さくらの日常とこの時代の日常とでは、〔重さ〕というのだろうか、込める思いがこんなにも違うのかと感じていた。

自分の日常が、どれほどありがたいものか。当たり前に過ぎる日々が、どれほど貴重なことか。
さくらには、言葉にできない世界のギャップに、押しつぶされそうな感覚だった。

さくらは無意識に、背を丸くして膝を抱えて、祖父の話を聞いていた。

祖父は、またゆっくりと次の写真をめくった。
今度は、つかまり立ちをしている赤ちゃんの写真だった。

37　～想い～

「お父さんだぞ」

　さくらは赤ちゃんの父を見て、ふっと笑った。

「戦争から生きて帰って、周りはなんも無くなったけど、これから二人で生きていけるって、泣いて喜んでたんだけどなあ…。

　和幸（かずゆき）（さくらの父の名）が生まれて、本当にこれから楽しみだと。

　でもばあちゃん、和幸（かずゆき）産んで、一年経たないうちに逝（い）っちまった。

　じいちゃんの方が、残されちまったわ。

　当時は金が無くて、赤ん坊と一緒の写真も撮ってやれんかった」

　さくらの膝は、いつの間にかびしょぬれだった。

　祖母の想い。祖父の想い。

　想像でしかないけれど、痛み、悲しみ、喜び、幸せ、寂しさ、懐かしさ…、様々な想いがさくらの胸をいっぱいにしていた。

なぜ祖父母が、その時代に生まれて生きなければならなかったのか。

もちろん、その時の祖父母がいなければ、今ここにさくらが存在し、こうして、祖父の隣に座っていることはなかったかもしれない。
でも、でも、その時代でなければ、本当にいけなかったのだろうか。

「おっ…と」
祖父が、手に持っていた写真の束を缶に戻そうとした時、一枚がひらっと、祖父の手を離れて地面に落ちた。
さくらは、あっと思うと同時に立ち上がって、その写真を拾った。
さっきの、祖母の写真だった。
砂ほこりを払うのに、ひらひら写真を優しく振って、さくらはふと、写真の裏側の文字を見た。

『八重(やえ)　十八歳』
おばあちゃんの名前だ。

「やえ……」とさくらが思わず呟いた。
祖父が、それを聞いて話し出した。

「さくらの名前は、ばあちゃんの名前を継いでくれたんだな」
　さくらが不思議そうな顔をしたので、祖父は続けた。

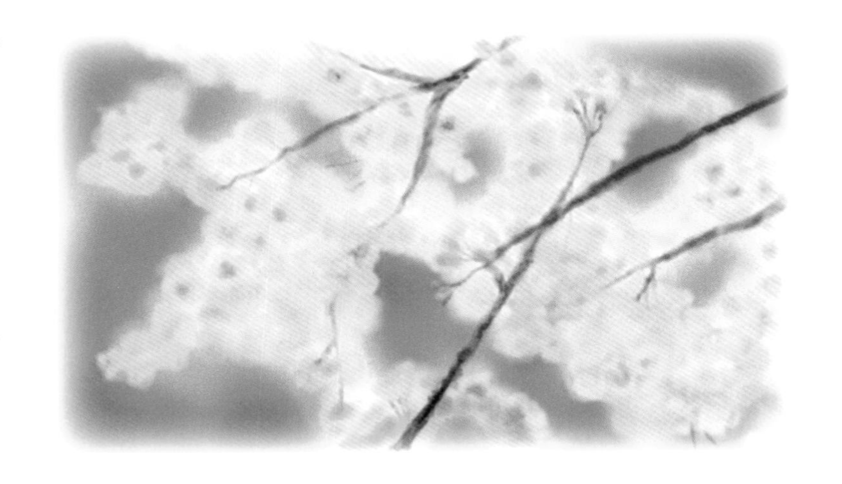

「さくらが生まれて退院する日、病院に迎えに行く前に、じいちゃんと和幸（かずゆき）と、神社に行ったんだわ。
　無事に生まれたから、神さんに、その報告にな。
　桜がきれいに咲いとった。
　そん中で一際（ひときわ）目を引いたのが、八重桜の木でな。
　じいちゃんが思わず『この八重桜は見事やなあ』って言ったら、和幸（かずゆき）は、桜の種類まで知らんかったんやろうなあ。『八重桜？』って、ずっと眺めとった。
　しばらく、ずーっとな。
　迎えに行く時間になるやろうから、『そろそろ戻るかー』って、じいちゃんから声をかけたくらいやった。
　それくらい、ずーっと眺めとった。
　そん時に、名前決めたんやないかなあ」

さくらの鼓動が、小さく小さく震えて、トクントクンと音を立てた。
自分の名前は、『桜の季節に生まれたから』と、なんとなく伝えられていただけだった。
その背景に、そんなにも深い想いが込められていたなんて。

さくらは言葉は出なかったけれど、思いっきり笑顔で、写真を祖父の手に渡した。
祖父は大事そうに、写真の束を缶に戻し、静かに蓋を閉めた。

「羊羹食(く)うか？」
祖父は重そうな硬い体を「よいしょ」と起こし、缶を棚にしまいながらさくらに言った。
さくらは、「食べる。じゃあお茶入れるねえ」と答え、二人はリビングに入っていった。

38　～休息（1）～

　ここ数年で、カレンダー上の祝祭日が移動するようになった。
　連休になればレジャー消費が活発化しやすい、とのことらしいが、さくら一家では特に活発化する要素もなく、休日とはいえ、皆各々部活や仕事で、普段どおり過ごしていた。
　それでも、この日の祝祭日は部活も休みになり、さくらは、朝の目覚まし時計を前の晩オフにして、その日の朝は遅くまで寝ていた。

　目が覚めて時計を見ると９時半近かった。
　ボーッと重い頭を再び枕にうずめて、しばらく目を閉じたまま動かずにいた。
　すると、「ぐるるるるるー」とお腹が鳴って、さくらはパチッと目を開けた。
（お腹すいた…）と思うと同時に、むくりと起き上がり、洗面所へ向かった。
　リビングに入ると、テーブルの上に、メモ書きが二枚置いてあった。

『ごはん好きなもの食べてね。帰りは16時くらいになります。母より』
『桶川さんと釣りに行ってくる。3時頃帰ります。じぃより』

母はいつも通りパートで、祖父は昨夜、今日の釣りのことを話していたのを思い出した。
と、そこへ、父が両腕を上げて、大きなあくびをしながら入ってきた。
「おはよーう」「おはよ」
父もめずらしく、まともに連休が取れたようだ。
さくらと同じように、今の今まで遅寝していたようだった。
父は首や肩を回しながら、「ぐわぁ、久しぶりによく寝たなあ」と言って、テーブルのメモ書きを見た。
「二人ともいないんだなあ」
「朝ご飯食べる？　私も今起きたとこ」と、さくらが言った。
「さくらも今日休みか？」「うん」
「そっかー……」と父は回した途中の腕を上げたまま、突然ぱっと目覚めた顔でさくらに向いた。
「さくら、外(そと)に食べに行こう！」
「え？」
「……ハンバーガー！　ハンバーガー食べたい！」
寝起きに突然のことで驚いたが、はしゃぎ出した父を見て、さくらも嬉しくなってきた。
笑って、「うん。行く。すぐ支度するね」と言って、駆け足で部屋に入った。

父も、「ようし！」と、腕をぶんぶん振ってリビングを出た。

休日ということもあって、店はお子さん連れの家族で混んでいた。
さくらと父は店内で食べるのをやめて、持ち帰りで購入し、少し先の、運動公園で食べることにした。
公園も家族連れが多く、芝生に敷物を敷いて持参のお弁当を広げていた。

さくらと父は空いているベンチに座った。
木陰は爽やかで気持ちよく、でも風はしっかりと夏のにおいがした。
父は、さくらと同じＬサイズのコーラを勢いよく飲んで、「くぅーっ…」と、喉に戻る炭酸に耐えた。

「コーラも久しぶりだなあ」
「お父さん、コーヒーじゃなくてよかったの？」とさくらもコーラに口をつけながら聞くと、
「やっぱハンバーガーにはコーラだろ」とキメ台詞のように笑って答えた。

ハンバーガーを食べるのは、さくらもとても久しぶりだった。

一口かじって、「あぁおいしい」と思わず言った。

「うまいな」と父も顔を見合わせて言った。

二人ともお腹(なか)が空いていたので、しばらく食べることに夢中になっていた。

「きゃー」という甲高い声に、二人は顔を向けた。

少し離れた場所で、一歳過ぎくらいの子が、よちよちと歩いて、自分の体の大きさの半分以上もあるボールをつかまえていた。

側(そば)で、おとうさんとおかあさんらしき人が、笑って手を広げていた。

39　～休息（2）～

　ふと、さくらの頭に、モノクロの、赤ちゃんの写真が浮かんだ。
　続けて、祖母の写真と、祖父の顔が、次々と浮かんできた。

　さくらは父を見た。
　口の端に、ケチャップソースが付いている。
　父は、二つ目のハンバーガーの外紙をめくっていた。

「お父さん」とさくらは声をかけた。
「んん？」
　父はハンバーガーにかぶりついたところだったので、くわえながらさくらを見た。
　口の端のケチャップソースに気づいたようで、一口目をほおばりながら、指で口の端をぬぐった。
「何？」
　さくらが口ごもっているので、父は続けて言った。
「これも食べたいか？　半分やろうか」
「あ、違う。そうじゃなくて」

「うん」
　父は本当に、ハンバーガーに夢中だった。

「お父さんは、なんでお母さんと結婚したの？」
「ぐおっ」
　父は飲んでいたコーラを喉に引っ掛けてしまった。
　ゲホゲホとしばらく炭酸に苦しみながら、涙目で「なんでって…」とさくらを見た。
「どうしてお母さんを選んだのかなあって」
　突然の思いがけない質問に、父は左手にハンバーガー、右手にコーラを持ったまま、困惑していた。

「一目(ひと)惚れなの？」
　娘のませた質問に、父は両手がふさがったままそわそわして答えた。
「おま……一目(ひと)惚れって…お前そんなこと、……言わせんなよ」
「どこで知り合ったの？」

　さくらの容赦ない質問に、父は観念したようだ。
　しばらく間をおいて、父は遠くを見つめて話し出した。

「父さん、会社入って間もない頃、昼飯に入った定食屋で、母さん働いてたんだ。
　定食もうまいし、店の雰囲気もよかったから、何度か通ってて。
　まあ、今と同じで、テキパキと淡々と、よく働いてたよ。
　行くといつもいるから、最初はそこの娘さんかと思ってたんだ。
　顔見知りになって、少しずつ、話すようになって、そんで……、まぁ」

「結婚を決めたのは何で？」
　父はさくらの顔を見て、さくらが引かないので、また、前を向いて話し続けた。

「なんでって聞かれると……、そんな決め手になるような条件とか理想とか持ってた訳じゃないんだけど…、その昼飯の時間が、心地よかったんだよな。
　父さんが、リラックスして飯(めし)食って、その間母さんはテキパキ他の作業してるわけだから、ずっとしゃべってることはないんだけど……なんか、心地よかったんだよ。
　母さんがそこの定食屋の勤務が休みだった日は、なんか昼飯食った気がしなかったな。
　それから……一年ちょっとくらい、経った頃かなあ…。
　ある時、定食屋が、次の日から急遽一週間ほど休みにするって時があって。
　遠方の親戚に急な不幸があったらしくて。
　その日も14時…くらいで閉めるってことになったらしい。おやじさんもおかみさんも、『悪いねぇ』って言いながら。
　会計の時、おかみさんが母さんに声かけたんだ。
『ゆりちゃん、その方のお会計済んだら、もうあがっていいよー。悪いねえ』って。
　父さん、母さんはそこの娘さんだと思ってたから、『あ、ここの娘さんじゃないの？』って思わず言っちゃって。違うって知って。
　店出て、母さん出てくるのちょっと待ってたんだ」

「『声をかけるの、今しかない！』って？」とさくらが父に言うと、父の顔はみるみる赤くなった。
「わ、わかんねーよ。そんなの」

（単純だ。とても）
　さくらは可笑しくて仕方なかった。

　でも聞きながら、父の姿を見ながら、とても嬉しく、幸せな気持ちでいっぱいだった。

40　～出会い～

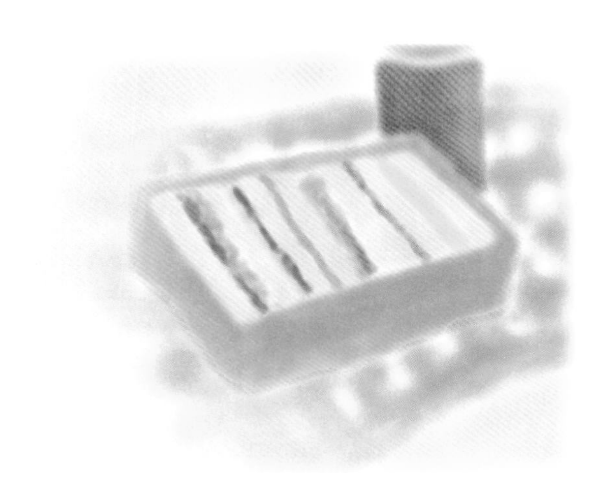

「デートはどこに行ったの？」とさくらが聞いた。
　父は、頭から湯気が出ているのが見えるくらい、顔から熱を出しているのがわかった。
「こ、こういう、公園だよ。
　そう、こんなベンチで、母さん、サンドイッチ作ってきてくれて、こんなふうに、昼飯食ったんだ。
　いろいろ話して……」

　さくらは、戸惑いながらも懐かしそうに話す父を、愛おしく、いたずらっぽく笑って見ていた。

　ふっと、父は少し悲しそうに、さみしそうに遠くを見つめて話し出した。
「母さんは働き者だからテキパキよく動くけど、体強い方じゃないの、さくらだって知ってるだろ？」
「うん」
「ついつい無理して、体調崩しちゃうんだよな。
　その時も母さん翌月に検査入院が決まってて、定食屋をしばらく休むことになってたらしいんだ。
　……母さん、根は活発なんだよな。『元気になって、いろんな土地を旅してみたい』って言ってた。

だから、『退院したら、一緒にいろんな場所行きましょう』って言ったら、母さん目を輝かせて、『はい』って笑ってくれて。

父さんもまだ仕事は駆け出しで休みも少なかったし、毎回ってわけではなかったけど、次の休みが楽しみになってさ。

遠方や体力使うような観光はできないけど、有名な神社とか寺とか、花のテーマパークとか行って。

母さん、子供みたいに楽しそうにしてくれて。父さんも楽しくて」

父の目は輝き、身振り手振りも大きくなって、さくらの質問がなくても、次々と、思い出の光景を話した。

「でも、その後も母さん何度か体調崩して、結局、職場を辞めることになったんだ。

母さんはよく働くけど、体力のいる仕事はどうしても体調崩しがちだから、職場も、新しい人雇っちゃったんだ。

そうやって働き口断られること、何度もあったみたいだ。

『働きたいのに、自分が悔しい』って、唇かみしめて。その時初めてオレ、母さんの涙見たんだ。

その姿見たらなんだか、急に、それまで感じたことない感情が湧き上がってきて、オレ、『家にいてくれたらいいから、一緒になってくれませんか』って言ったんだ。

母さん泣き止んで、父さんを見てた。父さん、言った後になってめちゃめちゃ緊張してさ。でも、心のどこかで確信もあって。『これから二人で』っていう、新しい舞台幕が上がるような感じでさ。

緊張と、ワクワクと、何があっても乗り切ってやろうっていう、責任感みたいなのが湧いてきて。
……でも母さんさ、返事くれるまで結構日にちあったから、さすがに後半はオレ不安になって、その頃ずっと胃薬飲んでた」

さくらと父は、向かい合って笑った。

「ふーん、そうだったんだぁ…」
さくらは、その頃の父の姿を想像して、涙を浮かべて笑っていた。
そして父も、そんなさくらの顔を見て、またふと何かを思い出したように、さくらを見つめた。
「何？」とさくらが涙目で笑うと、父は、「いや」と笑った。

さくらはふと思いついて父に切り出した。
「今日、お母さんにお花買っていこうよ」
「ええ!?」
父はコーラで焼けたような声を出した。
「いいじゃん。たまには。きっと喜ぶよ。お母さんにお花買ってあげたことはないの？」
「…あ…あるけど…、ずいぶん昔だし…、今買っていっても気味悪がられるよ、きっと」
「お花見て嫌がる人いないよ」

「でも…」
「いーの！　決まりね。お花屋さん寄って帰ろ。おじいちゃんにも何かおみやげ買っていこうよ。
　二人におみやげなら、変に思われないでしょ？」
「まぁ、…まあな。…そうだな、俺も仕事で忙しかったし、みんなには手土産っぽいこと、しばらく何もしてなかったな。さくらにも何か買ってやるよ」
「ほんとー!?　やったあ！」
　さくらは思わずバンザイして飛び跳ねた。
「高いものはだめだぞ」
「わかってるって」
「じゃあ行くか。コーラ全部飲んだか？　ゴミ、この袋に入れろよ」
「うん」
　二人は立ち上がって、ベンチをあとにした。

　その年初めてのセミが、鳴き始めた。

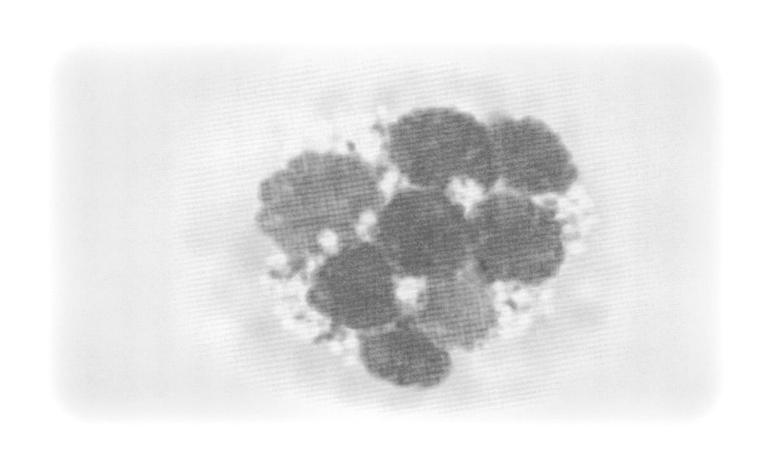

41　～初夏～

繰り返す雨も、晴れ間が差し込んでひと息つくごとに、気温は徐々に上がり、蝉の声も、騒がしさが増し始めた。

中学三年生は、部活動の大会が終われば、受験一色になる。
『あとわずか』という感覚を皆感じているようで、毎日を少しでも充実したものにしようというそれぞれの思いが、何気ない時間の中にも伝わっていた。

その日、前日二日ほど続いた雨は朝止んで、湿気を含んだまま、太陽は光を増していった。
そんな天候に気だるさを感じながら、やっと最終授業を迎えた。
授業は移動教室なので、さくらは持っていく教科書を机から出して準備していた時だった。
別のクラスの男の子が入ってきて、さくらに声をかけた。
一年の時同じクラスだった三木くんだった。

　三木くんは明るいキャラで友人も多く、陸上部で、真っ黒に日焼けした腕をさくらの机の上に寄りかけて、人懐っこく笑顔で話しかけてきた。

　さくらは座っていたけれど、一年の時はさくらと同じくらいの背丈だった三木くんの身長が、ずいぶん伸びているのが見てとれた。

「金子（かねこ）（さくらの名字である）、英語の教科書貸してくれない？」
「え？」
「オレじゃないんだけど。友達が忘れてきたって言うから。金子（かねこ）のクラス、英語の授業もう終わっただろ？頼むよ」
「いいけど……」
「いい？　やった。サンキュー！　終わったら返すから」
「うん……」
　三木くんは、さくらから教科書を受け取ると、陽気に、ダンスのような軽やかさで教室から出ていった。

（……何だったんだろう……）
　久しぶりに顔を合わす男の子との矢のようなやり取りに、しばらく呆然として、さくらは移動教室に急いだ。

部活動も終え、昇降口から出たちょうどその時、右手から呼ばれて振り向くと、三木くんが土汚れのついたユニフォーム姿で手を振っていた。
グラウンドと反対側の運動部室へ向かうところだった。
（あ、教科書貸したんだった）と思い出して立ち止まると、
「教科書今返すから、ちょっと待っててってー。こいつがー」と三木くんの隣を歩いている男の子に寄りかかり、とても猛暑の中走り回ってきたと思えないくらい、ぴょんぴょん跳ねていた。
隣の子は、そういう三木くんの態度に少し困惑気味に歩いていたが、口元は笑って、さくらに軽く会釈した。
三木くんと同じクラスの子で、よく一緒にいるところは目にしていたが、名前はなんだったっけ？
そう、佐野くんだ。
一年の時体育祭で、クラスリレーのアンカーで三木くんといい勝負して、盛り上がってたっけ。
陸上部のグラウンドで走り高跳びをしているのを、何度か見たことがある。

いろいろ思い出している間に、二人はさくらの前を通り過ぎ、三木くんは「待っててね〜」とくるくる回りながら歩いて行った。
しばらく日陰のセメント塀にもたれて待っていると、学生服に着替えた二人が近寄ってきた。
さくらが気づいて、一歩前へ出ると、三木くんは「じゃあな〜」と飛び跳ねて、ひとり帰っていった。
（……あれ？）
さくらは、（三木くんは隣ん家のマリーちゃんみたいだ）とつくづく思っていた。

男の子は三木くんと少し目配せした後、ひと呼吸おいて、たどたどしくさくらに近づいてきた。
鞄からさくらの英語の教科書を出して、「ありがとう。助かりました」と丁寧に頭を下げて手渡してくれた。
三木くんとはずいぶんキャラが違うので、さくらはびっくりして「いえ、こちらこそ」と頭を下げた。
（あっ、『こちらこそ』じゃないや。しまった）と恥ずかしくなって顔をそーっと上げると、男の子は、ただ笑顔でさくらを見ていたので、さくらもほっとして、なんだか笑顔が嬉しくて、思わず笑った。
「駅でしょ？　帰ろう」と声をかけてくれて、「うん」と二人は並んで駅までの通学路を歩いた。

42　～帰り道～

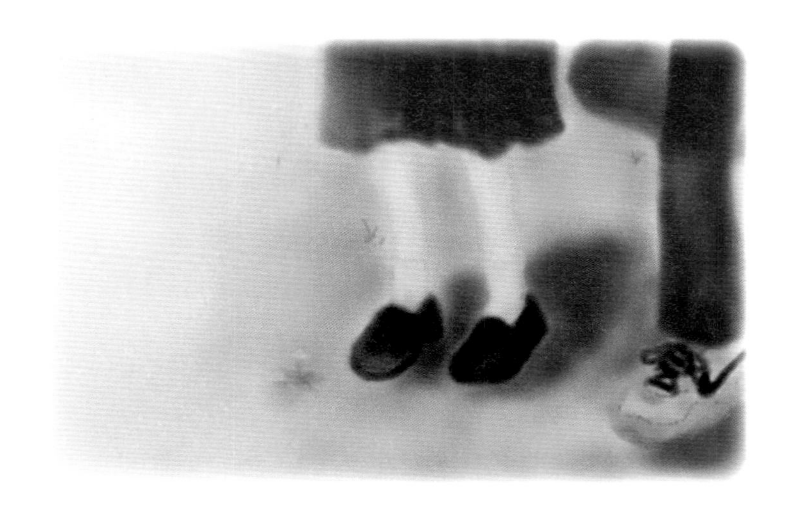

さくらは三年生になってから、駅から自宅までバスで通学していた。

塾で帰りが遅くなる日が増えたのと、祖父が退院してから、家族も日中細々(こまごま)と自転車を使う頻度が増えたからだ。

佐野くんは、三木くんより細身で少し背も高く、日焼けしていなければ、陸上部とは思えないほどきゃしゃで、知的な顔立ちをしていた。

「三木くんと仲いいんだね」

「あいつ面白いよね」

男の子とこうやって二人で話しすることは、翔(しょう)くんと土手で話した時以来だった。

翔(しょう)くんに似て落ち着いた男の子だったので、さくらもすんなり話ができた。

歴史が得意とか、走り高跳びの記録とか、母親がピアノの先生をしているので、ピアノを趣味程度に弾けるとか、初めて聞く佐野くんの情報にさくらは驚き、楽しかったが、さくらのことを話す時には、佐野くんは笑顔で「うん、知ってる」とか「そうだよね」という相づちが返ってくるので、さくらは少し不思議だった。
　でも佐野くんの包み込むような笑顔に、さくらも思わず笑顔になるのだった。

　時間をかけて歩いたつもりはなかったのに、駅近くまで来ると、さくらの乗るバスがロータリーに入ってきた。
「あっ、バスが来た」と慌てて声を出すと、
「あ、じゃあ、ここで。今日はありがとう」と佐野くんは右手を上げた。
「あ、こちらこそありがとう」
（しまった、また……）と思ったが、佐野くんはさっきと同じ笑顔を返してくれたので、さくらも笑って、駆け足でバスに飛び乗った。

　さくらは、いつも座る席が空いているにも拘(かかわ)らず、しばらく後部入口のところで立ったまま、バスに揺られていた。
　無意識にずっと胸に手を当てて、窓の外の見慣れた景色を眺めてはいるものの、目に映っているのは、さっきまでの帰り道の光景だった。

　楽しくて心地よくて、家に着いて夕食を食べてても、お風呂に入ってても、ずっとずっとその光景が焼き付いて残ったままだった。

さくらはパジャマ姿で、髪を拭くタオルを頭に被せたまま勉強机に座った。
いつものように合唱部の楽譜を取り出して、机の上に置いた。
でも楽譜は開かず、さくらは英語の教科書を取り出していた。

なんとなく、パラパラとページをめくった。
と、ふとページが止まり、淡いブルーの、カードのようなしおりが挟んであった。
「あ、佐野くんのかな。挟んだまま忘れたのかな」と、さくらは、しおりを手に取って裏を向けてみた。

『好きです。佐野』

息が止まった。

43　～鼓動～

　さくらは思わずしおりを元に挟みなおし、教科書を勢い良くぱたん！　と閉じ、楽譜の上にぱんっと置いた。
　何も考えられず、椅子から立ち上がり、ウロウロしてしまった。
　そしてまた椅子に座り、さっきと同じ動作で、しおりを手に取った。

　間違いなく告白だ。告白だ。
　どう…、どうしたらいい、どうしたらいいのか。

　さくらは机から離れては戻り、離れては戻りを繰り返し、自分がどんな顔をしているのかわからなくて、両手で両頬を押さえ、いつまでもいつまでもウロウロしていた。

　結局、朝方まで寝付けなかった。

　あの後、宿題もまともにできず、どうにもならない気持ちで布団にもぐり込んだ。
　英語の教科書としおりを抱きかかえて、何度も何度も見直しては、教科書をさくらに返してくれたあの瞬間からの佐野くんの笑顔や仕草を思い返していた。

やっとウトウトして目覚めた朝は、昨日のほのかなドキドキはバクバクに変わり、頭がはっきりしてくると同時に、「どうしよう」という思いでいっぱいになった。
とにかく顔を洗って準備しないと、と思い、教科書としおりを机に戻し、洗面所に行った。

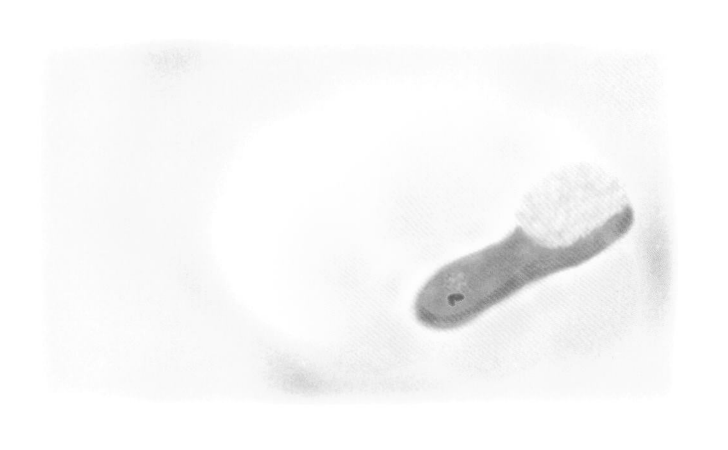

昨晩はドライヤーをうわの空でかけた髪のまま、寝返りを何度もしたのだろう。
さくらの肩まであるストレートは、見事にボサついてしまっていた。
眠れていないので顔色も冴えず、むくんで見える。
「これはひどい」とさくらは鏡の中の自分に思った。

と、「おっはよー」と後ろから、父が鏡越しに声をかけてきて、さくらはびっくりして「ひっ」とのけぞってしまった。
父が近くに寄ってきていたことを、さくらは全然気づいてなかった。
さくらのあまりの驚き様に、父も「おぉ」とびっくりして、二人は立ちすくんだ。

さくらはハッと我に返ると、見開いた目のまま両手で頬を隠し、だーっと部屋に戻っていった。
顔に、『告白されました』とマジックで書いてあるようで、父にすっかり知られたようで、恥ずかしくて恥ずかしくて、父の顔が見れなかった。

父はワケが分からず、そのあとも、父を避けるように朝の支度をするさくらに、首をかしげるばかりだった。
テーブルで朝ご飯を口に入れながら、「オレ何かしたかな…」とボソッとつぶやくと、反対側で食器を片付け始めた母がスルリと答えた。
「好きな子でもできたんじゃなぁい？」
「えっ……」
父は箸が止まって、後ろ姿の母を見て硬直してしまった。
そしてその父の後ろで、今度は祖父がソファで新聞を読みながら追いかけるように言った。
「大きくなったよなぁ…」
父は箸を持ったまま体ごと祖父に振り向いて、その不自然な体勢のまま、固まってしまっていた。

流し台の水が勢いよく流れる音と、穏やかな空気の中でにこやかに新聞をめくる音と、さっきからドタドタと洗面所を往復する床を走る音が、共鳴しないまま、ぎこちなく静かに朝の始まりを奏でていた。

44　～しおり～

「どうしよう」のまま、さくらは気が付くと自分のクラス前の廊下を歩いていた。
　佐野君に会ったらどういう顔をすればいいのか、何て声をかけたらいいのか、ずっとぐるぐる考えていた。

「金子(かねこ)さん」と後ろから呼ばれて振り向くと、さくらの心臓はドクン！　と響いた。

　佐野くんだった。

「おはよう」
　昨日と同じ、包み込むような笑顔で、すぐ側(そば)に立っていた。
(近いです……。)
　さくらが声を出せないでいると、佐野くんは続けて言った。
「これ、よかったら」
　差し出されたのは『星の王子さま』の文庫本だった。
　さくらが受け取ると、しおりが挟んであるのが見えた。
　思わず、佐野くんを見上げると、「感想、聞かせてよ」と少し肩を揺らしながらソワソワと、「今日は髪、束ねてるんだね」と顔を赤らめて言った。

「あ、いやこれは……」

今朝格闘したボサ髪は、結局きれいにストレートに戻らず、さくらは慣れない手つきで半ベソをかきながら三つ編みにして来ていたのだ。

うつむくさくらの前で、佐野くんもその場にいるのがもう限界という感じで、体を揺らしながら「じゃあまたね」と爽やかに立ち去っていった。

さくらも、『星の王子さま』を両手で胸に抱きかかえて、スタスタと教室に入り、自分の席に着いた。

一日を終え家に戻ると、部屋に入った途端、どっと疲れが押し寄せてきた。

さくらは勉強机の椅子にどんっと腰を下ろした。

天井を見上げ、口が開いたまま、しばらくそのまま動けなかった。

ふと、まるで自分が天井からさくら自身の肉体に戻ってきたかのように、瞬きして我に返ると、さくらは鞄から『星の王子さま』を取り出した。

学校では、授業中も気になって、何度も取り出そうとしたのだが、「ここで落としたら」とか「誰かに見つかったら」という不安が先立ち、本を開くことができなかったのだ。

なので今日一日、当然ながら授業は全く頭に入ってこなかった。

ただ合唱部は、それこそ集中して、夢中に歌った。
心のドキドキが全て声となり音となり、歌っている間は、ぐるぐる回るだけの思考も手放すことができた。

今日は結局、佐野くんと、朝以降は顔を合わすことなく声をかけられることもなかったけれど、よかったんだろうか。
そう思いながら、本を手にした。
朝は動転して気が付かなかったけれど、
（この本、英語版じゃないですか……）
佐野くんは、英文のまま読んでいるのだろうか。さくらは自分の英文力の弱さを恥ずかしく感じた。

『星の王子さま』は小さい頃絵本で読んで、物語としてはざっくり知っているものの、感想…と言われると困ってしまった。
英文ページをパラパラ開いて、また、しおりのところで止まった。
今度のしおりは、見開きカードになっていた。

しおりを開くと、何行かの文が書かれていた。

心の振動が、指先まで一気に流れていくのを、さくらは感じていた。

45　～ボクの声（2）～

　ボクはね、さくら、とてもとても幸せだったよ。

　さくらが歌ってなくたって、ボクはその時、とても温かな色に変化して、膨らんでは、たくさんの輝きを生み出していたんだ。

　さくらには見えなくても、人間には何もわからなくても、生み出した輝き達は、次々と天に向かって昇って、地球そのものを取り巻く波動を浄化していくんだ。
　ボク自身も浄化され、輝きは増して、その輝きはボクの世界へ届いて、先生へと吸収されていく。

　人を想う気持ち、相手を想う気持ち、周りを想う気持ち。
　その気持ちを形にしようと、動こうとする気持ち。
　これらの不思議な気持ちは、それこそいろんな種類があって、強さも膨らむ速度も様々（さまざま）なんだけど、この地球ほど、多種多様な想いに溢れ、それを経験できる星は、他にない。
　もちろん、地球よりずっと、愛の波動が安定している星はたくさんあるけれど。

地球は、正反対のものが混在する世界。
辛(つら)さや悲しみを体験するからこそ、喜びや感動は何倍も大きくなる。
当たり前にあると思っているものが無くなってしまった時に、はじめて理解できる感謝がある。
そんな体験は、本当に素晴らしいと思う。
そしてそんな体験ができるのは、地球だけ。

でもね、地球には、その逆も、存在してしまうってこと。
辛(つら)さや悲しみが大きくなった時、人は、その直前まで抱いていた喜びや感謝を忘れてしまうことがある。
愛情や思いやりから生まれた行動なのに、伝わらないと感じた時、一瞬にして憎しみに変えてしまうこともある。

なぜ忘れてしまうの？　なぜ維持することができないの？
だからこそ忘れないように、ムカついても寂しくても感謝を維持していられるように、繰り返し繰り返し経験していくのかな。

地球は繰り返している。
「忘れて、吸収する」を繰り返している世界。
少しでも少しでも、愛の波動が安定していく世界になれば、うれしいね。

憎み合って、地球全体で戦争を起こしてしまった世界だった時、地球は、宇宙に、どんな音色を奏でていたのだろう。

46　～図書館～

　さくらは、壁一面の本棚から、一冊の書籍を手に取って、ペラペラとページをめくった。

　海外の音楽家や作曲家の写真と楽曲、生い立ちが書かれている本の世界は、事実と推測が綴られている。

　確かに、この本の中の人物も時代も存在し、かつてのその瞬間瞬間を生きたのだ。

　この本の著者は、同じ音楽家であり、評論家であり、著者の文章には、歴史上の音楽家への尊敬の思いが込められている。
　一方で、客観的に網羅した時代背景や、その人物への個人的な偏見と分析が入り混じり、かつての現状は、書籍の中では、また別次元の歴史でもあった。

　本を閉じ棚へ戻し、また別の本を手に取り…を繰り返した後、さくらは腕時計に目を向けた。
　待ち合わせの時間に、まだ40分以上ある。

佐野くんが告白してくれたあの日から、一年経っていた。
さくらと佐野くんはそれぞれ、別の高校へ進学していた。

一年経ったとはいえ、当時中学生だった二人にとっては、頻繁に一緒に出歩くこともなく、手紙のやり取りや、時々図書館で一緒に勉強するくらいだったが、それでもその数時間は心地よく、受験合格という同じ目標に向かって励まし合うことができた。
めでたく入学してからも、お互い新しい学校生活や部活動で精一杯で、あっという間に、夏が過ぎようとしていた。
そして今日、一緒に神社祭りに行く約束をしていたのだった。

二人は待ち合わせ場所をこの図書館にしていた。
待ち合わせ時間に間に合うバスの、一本前のバスに乗る予定でいたのだが、気がはやり、早く準備できてしまった。
自分の緊張が家族に伝わったのか、家の皆もなんだか落ち着かない様子で、なんとなく居心地が悪くて、思わず早く家を出発してしまったのだ。

特に父は休日にも拘(かかわ)らず、朝さくらより早く起きていて、驚くさくらに「畑！　畑見に行かないと」と言いながら、いつまでたってもリビングから離れず、そわそわ動き回っていた。

　途中さくらに、「今日、祭りに行くんだろ？　車で送ってやろうか」と声をかけてきたが、さくらは思わず「大丈夫。バスで行く」と断ってしまった。
　なので、さくらは、家の皆には「屋台のたこ焼きをおみやげに買って帰ろう」と思った。

　佐野くんは午前中に部活があり、さくらとは１５時にこの図書館で待ち合わせを決めていた。
　日曜ということもあり、各デスクや長椅子には、学生や親子や、年配の人々が座っていた。

　ふと、祖父の背中によく似たおじいさんに、さくらは目が止まった。

　一瞬、祖父がいると思ったくらい、丸まった背中と肩と、赤みのある茶色の上着は、祖父そのものだった。
　さくらはその人に近づこうと、左足を斜め前に出した。
　と、後ろから歩いてきた人とぶつかってしまった。

「あっ！　すみません！」

47　～ブローチの人～

　ぶつかった人は、持っていた二冊の本を床に落としてしまったので、さくらは慌てて、しゃがんで本を拾った。
「すみません」と相手もさくらの前でしゃがんだ時、さくらの視線の先に、木製の、花の形をしたブローチが見えた。

　アンティークで、色つやも随分くすんではいるが、大切にしているものだというのは、さくらに感じることができた。

　ふっと、やわらかい、やさしい香水のような香りが漂って、さくらは顔を上げた。
　同時に、ブローチの人はさくらの手から本を受け取り、「ありがとう」とスッと立ち上がって、会釈しながらさくらから離れた。
　さくらは後ろ姿を見つめながら、ゆっくり立ち上がった。
　会釈した横顔から見えた優しそうな口角を、なんとなく懐かしく感じながら、やわらかい残り香に、しばらくその場に佇(たたず)んでいた。

　ハッと我に返って、長椅子に目をやると、祖父に似た人はもういなかった。

さくらは周りを見回して少し歩き回ったが、祖父に似た人もブローチの人も、姿は見えなかった。

「金子(かねこ)さん」と後ろから呼ばれて振り向くと、佐野くんが胸元で小さく手を振りながら、階段を昇ってくるのが見えた。
腕時計は、１４時４８分を指していた。
もうそんなに時間が経ったのか。
さくらは笑って、小さく手を振り、佐野くんに歩み寄った。

「来てくれてありがとう」
佐野くんはぎこちなく体を揺らして、久しぶりに会うさくらを見つめて言った。
さくらは笑顔で頷くだけで精一杯だった。
「本、何か探してた？　まだしばらくここに居る？」と佐野くんが聞いた。
「あっ、ううん、大丈夫」
「そう？　じゃ、行こうか」
「うん」
二人は階段を降り、一緒に図書館を出た。

神社祭りは前々日から三日間行われていた。

最終日とあって、さくらと佐野くんが神社に着く時間帯には、すでに大勢の人で賑わっていた。

夕暮れ時に灯る提灯の灯は、街灯より赤みを帯びて、温かみとノスタルジックな空気に包まれていた。

子供達がゲームをしながらはしゃぐ笑顔も、汗をかきながら商売する屋台の人達も、活気があって騒がしいのに、一歩足を踏み入れれば、まるで過去にタイムスリップするかのような、スローモーションのように流れる情景が広がっていた。

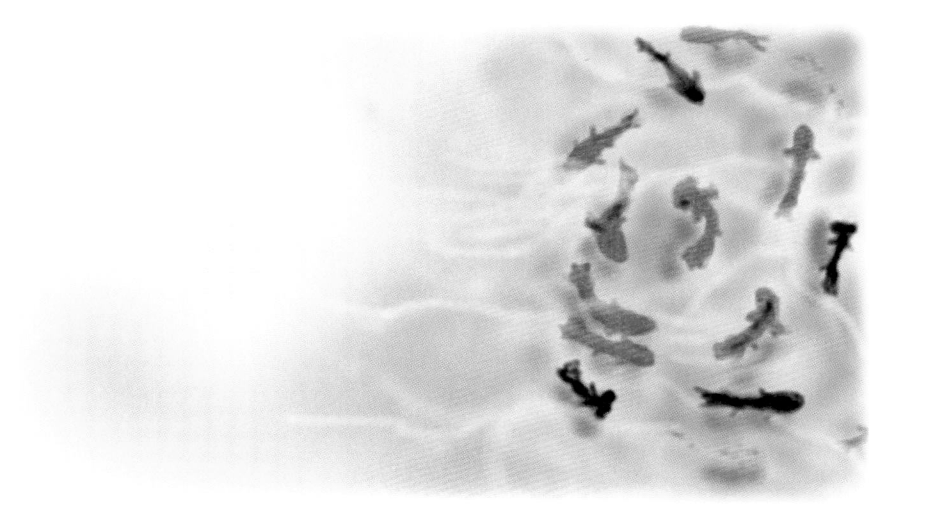

48　～甘味処～

神社通りは、神社を囲んで一周する形で、甘味処や老舗の茶店が建ち並んでいた。

家とは方向が逆なので、さくらはこの辺りの店には馴染みがなく、その話を聞いた佐野くんは「入ってみようよ」と誘ってくれた。

祭りとあってほぼ満席状態だったが、二人は壁際の小さなテーブルに案内された。

佐野くんはあれからまた背が伸びて、混雑した甘味処の小さなテーブルは、佐野くん一人が座るにもやっとだった。

すらりと伸びた手足や体をかなり曲げて腰かけたが、テーブル下でさくらの足とぶつかってしまった。

「あっごめん」と、佐野くんはその後も足の置き場に落ち着かず、体ごと斜めを向いて、リラックスできない体勢のまま座った。

加えて、腕もちょっと伸ばせば、さくらの顔に当たりそうな距離に、さくらと向かい合った状態なので、佐野くんは終始前襟をパタパタさせ、「暑いね」とのぼせた顔をごまかした。

注文したアイスコーヒーを一気に飲んでしまい、さくらが白玉アイスを食べ終わるまでに、氷だけになったグラスに何度も口をつけていた。

　白玉アイスは、あずきが甘過ぎずとても美味しかった。
　甘味処を出た後も、お互いの高校生活の話や、部活動の話や、いつもの手紙では書ききれない出来事を話したりしながら、二人は祭りを楽しんだ。

　辺りもすっかり暗くなって、打ち上げ花火の時間が近づいてきた。
　打ち上げ花火は、神社から少し歩いた浜辺から眺めることができる。

　浜辺に着くと、すでに大勢の人が花火見物のために腰を下ろしてその時を待っていた。
　さくらと佐野くんも、空いている場所を見つけて、座って待つことにした。
　手土産のたこ焼きを膝の上に乗せようとした時だった。

「さくら!!」

　後ろから叫ぶ声がして振り向くと、その叫び声に同じように驚き振り向いた人達の視線の先に、父が立っていた。

49　～花火～

熱気立った祭りの中を、長い間さくらを探し回ったのだろう。
父は、ポロシャツの襟元も胸元も、汗でびっしょり濡れていた。
息が上がって声を詰まらせたまま、肩から胸元を上下させて、さくらを見つめて立っていた。

「お父さん……」
さくらは驚き呟いた。

「え？　お父さん？」と佐野くんも驚いてさくらを見た。
「あ、うん。私の父……です……」
あまりにも驚いたので、二人はその場で、父を見つめたまま立ち尽くしていた。

父は、肩を更に二回大きく上下させ、大きく呼吸して、さくらの方に歩み寄ってきた。
「さくら……」
さくらの手を力強く握りしめて、肩を上下させながら、驚くさくらに、静かに言った。

ドーンドーンドーンと、斜め後ろから、歓声も消えるほどの大きな音とともに、黄色やオレンジ色の光が、辺り一面を明るく照らし、そしてまた暗くなり、を繰り返した。

人混みの中、父に手を引かれながら、さくらは父の背中を見失わないように、父の後ろを走った。
父もまた、人混みをかき分けて、何度もさくらに振り返り、後ろからさくらがついて走る道を作りながら走っていた。

祭りのために設けられた臨時駐車場は既に満車で、路地の片隅に仕方なく停められていた父の車に、二人は飛び乗った。
さくらは、ふと、傍（かたわ）らに温もりを感じ、たこ焼きの入った手提げ袋を、膝の上に大事に置き直した。

目的地の景色が見えてくるのを、今か今かと、一心に、窓から外を見ていた。
もう、花火の音も、聞こえてはいなかった。

小高い丘を上がって到着した駐車場から、二人は急いで建物に入った。

消毒液と、建物独特のにおいを、さくらは憶えていた。
しかし、当時通った通路とは違う回廊や扉は、また別の世界への入口のようだった。
その先に待っているものは、確かに、現実であって欲しくない現実であることは、間違いないのだ。

扉の前に立った父は、さくらを見た。
さくらを右手で抱き寄せ、左手で扉をノックし、静かに、扉を開いた。

照明は点（つ）いているのだろうが、まるで靄（もや）の中にいるような、薄暗い部屋だった。
部屋の中心に置かれた無機質なベッドは、とても大きく感じたが、まるで宙に浮いているように見えた。
傍（かたわ）らで寄り添うように、うつ伏せで、母が背中を震わせて嗚咽していた。

さくらの手が、肩が、震え出した。
その震えを父は感じ取り、さくらを更に強く自分に引き寄せた。
一点を見つめたまま、唇も膝も、体全体が、ガタガタと音を出して、大きく震え始めた。
息が吸えなくなり、瞬きもできないまま、ひーひーという呼吸しかできなくなった。
「さくら……！」
父は、震えるさくらを、襲ってくる暗闇から守るように、抱きしめた。

50　～綿毛～

気がつくと、辺りは真っ白で、地面と空の区別もつかない空間に、さくらはひとり、うずくまっていた。

音もなく、風もない。

さくらは起き上がろうとして、手をつこうとした。
が、手の感覚がない。
足も体も感覚がなく、動かし方もわからない。
自分の体がどうなっているのか、自分で確かめることができない。

ふと、どう動いたかわからないが、自分からぽたっと何かが落ちた。
そして次々に、ぽたぽたっと落ちていく。

――泣いている。

そう、自分は泣いている。

自分から落ちている涙のようなものは、液体ではなく、さくらからぽたっと離れると、みるみる消えてなくなっていった。
ぽたぽたと、あとからあとから、さくらから離れて消えていく。
そして次第に、さくらは自分がどんどん小さくなっていくのを感じた。
でも、ぽたぽたは止まらない。
さくらも止めることができない。
自分はきっと消えてしまう。
自分はもう、どうすることもできないのだ。

消えるんだ…
さくらが、小さく、ため息をついた時だった。

とんっ
頭の上に、何か落ちてきた。何だ？

とんとんっ
左のうしろ。何だ？　何か跳ねている。
見失って、さくらは周りをきょろきょろ見回した。

あっ、いた。

少し離れたところに、白い丸い、小さいボールのような、綿毛のようなものが、フワフワ動いていた。

さくらは近づこうと、感覚のない体を何とかして動かそうとした。

すると、綿毛はフッと消え、あっと思うと、気がつくとさくらのすぐ側に現れた。

綿毛は、さくらの周りをとんっとんっと飛び跳ね、現れては消えて、さくらはそのたびにきょろきょろした。

と、また、さくらから少し離れたところに現れた。

あっ

白い長いしっぽ。

綿毛の丸い姿から、白い長いしっぽがふりふりしている。

――ゆき。ゆきちゃんだ。

さくらは追いかけた。
どう動かしていいかわからない体を、
とにかく前へ、前へと思った。

ふいっと体が動いた。いや、転がった。
自分は転がる。

そう、その調子。転がれ。前へ。前へ。
ゆきの側（そば）へ。
待って。待ってて。ゆき。離れないで。

白い長いしっぽは、飛び跳ねては止まり、消えては現れた。
そして、スポットライトに照らされた場所で止まり、フワフワと動いていた。
まるでさくらがその場所に来るのを待っているように。

もうちょっと…もうちょっと…
ゆき!!

重たい体で、やっとゆきの側(そば)に来た。
さくらは嬉しくて、思わず笑顔でゆきに体を近づけた。
長いしっぽが、ふわっとさくらの顔をなでた。
ゆきのにおいがした。

「ゆきちゃん…」

嬉しくて、涙が流れた。
流れても消えない、温かな『涙』だった。

第３部

51　〜誓い〜

さくらが再び目を開けると、天井と、照明が見えた。

音が聞こえる。
車が、道路を走る音。

風を感じる。
見慣れた色のカーテンが、ふわりと動くのが見えた。
自分の部屋のにおい。

…温かい。
右手に温もりを感じて、さくらは顔を右に動かした。
さくらの手を握りしめたまま、ベッドの脇で、母が顔を伏せて眠っていた。
「お母さん…」と呟いて、思わず右手の指が動いてしまった。
その動きに、母は目を覚ました。

　起こした顔は少しやつれて、束ねた髪もほつれてしまっている。
　母は、目を覚ましたさくらを見て驚き、「はっ」と声を出した。
　みるみる安堵の表情になり、目に涙が溢れてきた。

「さくら…！　さくら…よかった…さくら…！」
　母はさくらの手を両手で握り、自分の頬にあてながら、溢れてくる涙と嗚咽を抑えきれず、「ううっううっ」と泣き続けた。
「さくら…よかった…ううっ」
　母は椅子から立ち上がって、さくらの体に覆いかぶさるように、掛布団の上から、さくらを抱きしめて泣いた。
　さくらも涙が溢れて、横になったまま、泣き崩れる母を見つめて泣いた。

　なぜ自分がここにいるのか覚えてはいないが、ずいぶん心配をかけたに違いない。
「お母さん…ごめんなさい…」
　さくらの言葉に、母はハッとして涙まみれの顔を上げさくらを見た。
　唇をかみしめて「ううっ」と声をもらしたが、母は笑って、袖で涙を拭いて言った。
「何言ってるのよ」
　深呼吸して、母は一度、ベッド横の窓の外を見つめ、再びさくらを見つめて笑った。

「どこか、痛いとこない？」
「うん。大丈夫」
「何か飲む？」
「うん。お水飲む」
「起き上がる？」
「うん」
　さくらは手をついて、母はさくらの体を支えて起こした。
　ベッド脇に、飲料と、氷枕や氷嚢や、体温計、タオルや着替えが置いてあった。
　母は、コップに少量注いだ水を、さくらの口元に持っていった。
　さくらの両手は少し震えたが、ゆっくりと一口飲んだ。
　水はさくらの体を染み渡るように、ゆっくり流れていく。
「はー……」

　自分はここにいる。母の前で、生きている。

　体中に水が染み込んでいくと同時に、そんな思いが蘇ってきた。

　さくらは今度は自分の手でコップを持ち、水を口に入れた。

「おいしい？」
「うん」
さくらは水をしばらく口に含んだ後、ごくりと飲み込んで答えた。
再び、さくらの体に染み込んでいく。
それを助けるように、また、さくらの生命（いのち）を感じ取るように、母はさくらの背中をやさしくさすった。
「よかった。お母さん、お父さんに連絡してくるね。このまま待っててね。すぐ戻るから」
「うん」
母は、涙で濡れた顔と髪を手で拭い直しながら部屋を出ていった。

パタンと扉が閉まるのを見て、さくらは窓の外に目をやった。

空は青く、どこまでも青く、地上を包み込んでいた。

白い雲は、少しずつ形を変えて流れていく。

さくらはもう泣いてはいなかった。
ずっと、ずっと空を見つめていた。

52　～穏やかに～

　祖父が亡くなって、二か月半が過ぎた。

　夏は、あっという間に過ぎていた。
　騒がしいセミの声も、ギラギラ照りつける日差しも、例年通り体中で感じながら過ごしたはずなのに、今年はまるでその期間だけ、違う空間を通ってきたかのように、この夏の記憶は、ほとんど失くしてしまったかのようだった。

　あの花火の夜、父に連れられ病院で祖父と対面した後のことも、それから自室で目覚めるまでのことも、さくらはほとんど覚えていなかった。
　後から聞いた話では、病院で父や母と共に泣き崩れたさくらは、家に戻ってからお葬式までの日々を、まるで悲しみの感情を忘れてしまったかのように、テキパキと手伝い、無感情に動き過ごしていたという。

　しかしお葬式が終わり、玄関に着いた途端、さくらは突然倒れてしまった。
　それからまる五日間も、熱を出し眠り続けたというのだ。
　父は、お葬式後の様々（さまざま）な手続きや処理に追われ、母はつきっきりで、さくらを看ていたらしかった。
　あまりに長く熱が続き眠り続けるので、近所の診療所の先生に来て診てもらってもいたそうだ。

さくらが目覚めてからも、夏休みは祖父の四十九日の法要や片付けなどでせわしなく過ぎた。
いつの間にか、雲は形を変えて、窓から差し込む日の光は、角度を下げ透明感を帯びてきた。

ある朝、静かなやさしい光でさくらは目を覚ました。

部活動もなく、さくらにとっても久しぶりに穏やかな日曜日の朝だった。
ベッド脇で伸びをして、さくらは洗面所へ歩いた。

廊下に出ると、父の部屋からイビキが聞こえてきた。
父は普段イビキをかかないが、祖父が亡くなってからいろいろひとりで奔走してきた数か月だったので、ここへきてやっと、ぐっすり眠れているようだ。

母も起きているようで、コトンコトンと奥で音がしている。

母は、さくらが回復してから、疲労から体調を崩しがちになり、事情を理解してくれた職場がしばらく休暇をくれて、自分のペースで家の仕事をしていた。
昨晩は、しばらく手付かずだった祖父の畑を半分花壇にしようかと、何を植えようかと楽しそうに話していた。

台所に入ると、テーブルに父とさくらの朝食が用意されており、さくらはテレビのボリュームを小さくして、朝食をゆっくり食べた。

こんなに穏やかで、静かな朝は久しぶりに感じた。

朝食を終え食器を洗い、着替えに部屋に戻ろうとした時、奥からゴトンッと少し大きな音がしたので、さくらは奥の部屋をのぞいてみた。

53　～祖父の部屋（1）～

　祖父の部屋をのぞくと、まだ祖父の香りがふんわり漂ってくるようだった。
　畳の上に、いくつか箱や衣類が並べて置いてあり、母は更に大きな箱を棚から下げようとしていて、さくらは慌てて箱を支えた。
「あ、さくら、おはよう」
「おはよう。大丈夫？」
「うん。ありがとう」と母はさくらと箱を畳の上に下ろした。
「整頓しようと思って」
　並べられた箱や缶は、素材や大きさや色もまちまちだったが、全てが祖父そのものに思えた。
「私も手伝っていい？」
「うん。ご飯は食べた？」
「うん。着替えてくる」
　着替えて、さくらはまるで祖父に会いに行くように、いそいそと祖父の部屋に入った。

　さくらは、祖父の文具や雑貨を整頓することにした。
　手袋やハサミや鉛筆など、手に取るものひとつひとつに、祖父との思い出が蘇ってきた。

「……戦争で、ご両親も親族も亡くして…、なぁんにもないところから、少しずつ……得てきた物なのよね……」

　さくらの後ろで、母は祖父の衣類をたたみ直しながら呟いた。

「本当に……、ひとつひとつ丁寧に、大切にしてきたのが、伝わってくるわね」

「……うん……」

　そして母は続けて話した。

「私もおじいちゃん…お義父（とう）さんには、本当に大切にしてもらった。

　その頃はまだまだ、手作業や力仕事が多くて、体力のない嫁は、世間では喜ばれなかった時代よ。

　お義父（とう）さんは、私を気持ちよく迎え入れてくれた。心から喜んでくれたの」

　母は、当時の思いが溢れてきたようだった。

「お母さんはね……私は、……自分の実家にすら、必要とされてなかった。病気で寝込むたびに、家族は冷たかった。

だから、早く自立して、誰の迷惑にもならないようにしようって……ずっと思ってた。
……でも、自立と言ったって、病気がちで、学校もまともに行けてなかったから……働いて食べていくだけで精一杯だった。
お父さんがこの家に呼んでくれても、ご家族に断られるんじゃないかと……ビクビクしてたけど、……おじいちゃんは、『全部抱える必要はないんだ。分かち合って生きていくんだ。俺に娘ができたんだ。こんな嬉しいことはない』って……」

時々鼻をすすって、言葉を詰まらせながら、しかし笑って嬉しそうに、母は話した。

さくらも胸がいっぱいで、母に何も言葉をかけられなかったが、改めて、祖父の人柄と、自分が祖父の家族として生まれてきたことを、心から誇りに思った。

54　～祖父の部屋（2）～

「おはよー…」と、父が寝起きの顔で部屋をのぞいた。
　やっと起きたようだ。
「あ、おはよう」「おはよう」
「整頓してくれてんのか。俺も後で手伝うな。
　母さん、味付け海苔の新しいのどっかにある？」
「…ああ、そうだ、こないだ買って、とりあえずあの棚に入れちゃったんだ。今出すね」
「悪いな」
　父と母は、二人で台所へ戻って行った。

　さくらは一旦手を止めて、立ち上がって部屋を見回した。
　タンスに沿ってゆっくりと、家具や置物を眺めながら歩いた。

　シンプルで、余計な物は何もなかった。

　母の言う通り、何もないところからひとつずつ集められ、大切に使ってきた物ばかりだ。

さくらは、一番古くて重厚なタンスの前に立ち、何気なく引き出しを開けてみた。

ふいっと、祖父の香りがした。
右側には、祖父愛用のマフラーと、冬用の衣類がたたんである。

「あっ」

マフラーの下に、見覚えのある缶が見えた。

そうだ、この缶、確か写真が入っている缶だ。
さくらは缶を取り出そうと、両手で缶を持ち上げた。
缶は厚みがあったので、もう少し引き出しを開けて、先にマフラーを出そうと手に取ると、奥に、何か布に包まれた物が入っているのが見えた。

まるでマフラーで守られていたかのように大事そうに包まれてある物に、さくらはなぜか気になって、そうっとその包みを取り出した。

畳の上に置いて、丁寧に布を開くと、茶褐色の、小さな木箱が現れた。

きれいにニスの塗られた木箱は、祖父の温もりさえ伝わってくるようで、さくらは蓋をそっとなでた。
そして両手で蓋を開け、横に置くと、ふわりと、香水のような香りがした。

思わず、目を見開いた。

――覚えている。

確かに、見たことがある。
木箱の中に、あの時の、あの人のブローチが、入っていた。

「…はっ…」と声が出て、さくらは思わず手で口を覆った。
胸が張り裂けそうになり、体中の血液が、ふわぁっと浄化されるようだった。

あの時、祖父が亡くなったあの日、図書館でぶつかった、あの女性がつけていた。

顔を見る間もなく、ただブローチが印象的だった、ほんの数分間の出来事――。

さくらはブローチを両手で抱えて、父と母のいる台所へ走った。

穏やかな朝食時に突然ドタドタと廊下を走ってきた娘に、父も母も仰天してさくらを見た。

「……どうした？」

さくらは無言のまま、父にブローチを見せた。

母も、寄ってきて覗き込んだ。

55　～宝物～

「あぁ……」
　父の顔がふぅっと、穏やかな笑顔になった。
「よく見つけたなぁ」
　さくらがものすごい形相で父を見つめるので、父は驚きつつも笑顔で言った。
「俺のおふくろのだよ。これ」
「え？　お義母（かあ）さん？」
　母も初めて見たらしい。驚いて父に言った。
「ああ」
　そして父はゆっくりと話し始めた。

「これがおふくろのだって知ったのは、…小学校に入った頃だったかな。
　それくらいの歳になると、いろんな行事に友達の母親が参加するようになるだろ？
　でも…俺には来ない。
　……わかってたし、母親がいないのは当時俺だけじゃなかったし、親父だってできる限り顔出してくれてたんだけど、……なんか急に、その時、あふれてきたんだよな。どーしようもない寂しさというか、悔しさというか。何か母親の面影が欲しくなって、ある時、親父の部屋探しまくったんだ。

……気づいたら散らかし放題で、その内(うち)、親父帰ってきて。
『何探してんだ』って言われても、泣くだけで。
親父に抱きついて、親父のこと殴りながらわんわん泣いて。
親父は、散らかった部屋見て、…何か察したのかなあ、落ち着いて飯(めし)食った後、これ、出してきたんだ。
『お前の母さんのだ』って。
『俺が母さんにプレゼントしたんだ』って。
……当時の時代がどんなだったか、どうやって母さんと出会ったか、どんな人だったか、話してくれた。
食べていくので精一杯の時代だよ。それでも、毎日笑って働いてくれる母さんに、プレゼントひとつ買ってやれない。
親父は器用だったから、木を彫刻して、このブローチを作って母さんにあげたんだって。母さん、泣いて喜んでくれたって。
『欲しけりゃお前にやるよ』って親父は俺に言ったけど、その話聞いてたら、なんだか子供ながら、このブローチは、親父とおふくろの大事な思い出のように感じてさ。
『いい。父ちゃんが今まで通り、大事に持ってて』って言ったんだ。
その話だけで、俺は十分だったよ。部屋散らかして、悪かったよ。ほんと」
さくらと母は、黙って、微笑みながら話を聞いていた。

「お義父さんは本当に器用ね」
「そうだな」

　さくらは、ブローチをやさしく撫でながら見つめていた。

　父はそんなさくらを見て言った。
「さくら、お前、もらってくれるか」
「……いいの？」
「ああ。親父も喜ぶよ。きっと」
　母も、笑って頷いた。
「……ありがとう。大事にする」
　さくらは両手で胸に抱えて答えた。

　あの香水のような懐かしい香りが、三人を包んでいた。

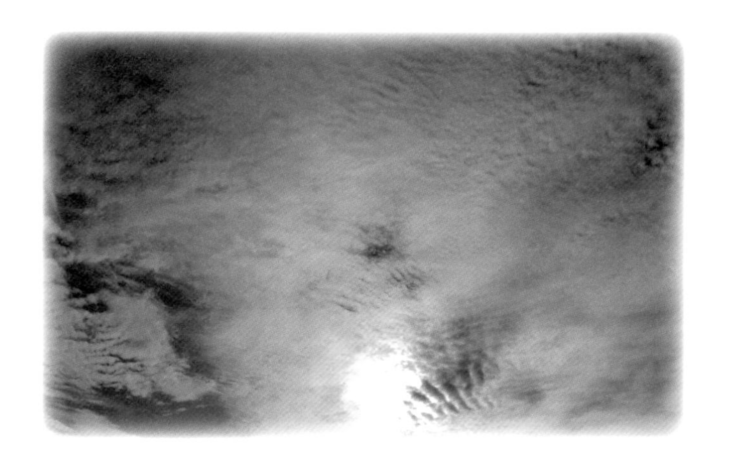

56　～ささやかに～

それから二週間ほど経った連休の初日、前回の朝とは打って変わって、さくらの家は慌ただしかった。

母は早くから台所に立ち、さくらと父は、リビングの片付けと飾り付けを始めていた。

今日はなんと、佐野くんを招いての、ささやかな食事会を催すことになっていた。

佐野くんと一緒に行ったあの花火の日、父は佐野くんに「すまんな、連絡するから」と声をかけて、さくらと父はその場をあとにした。
祖父のお葬式が終わった数日後、佐野くんは、さくらの家の前まで来ていたらしい。
声をかけられず佇（たたず）んでいるところを父が見つけ、さくらはまだ寝込んでいると伝えると、佐野くんは父に話したという。

年明けには、佐野くんはイギリスに留学するというのだ。

佐野くんはあの花火の時、さくらに伝えるつもりでいたらしい。
言うタイミングを失い、さくらも祖父の死でショックを受け体調を崩して、どうしたらいいのか悩んでいたらしかった。

　父はその話を佐野くんから聞いた後も、何度か相談に乗って、段々と仲良くなったようだった。
　その後何回か、さくら宛てに家に電話してきた佐野くんと親友のように話した後、さくらと代わるのを忘れてそのまま切ってしまったこともあったくらいだった。

　お互いに内気で会う時間が取れない二人を思い、父は佐野くんを家に招いたのだった。

　こんなふうに家族みんなで飾りつけをするのは何年ぶりだろうか。
　壁も窓も、冬の装いと共にキラキラ輝いていた。
　祖父の死ですっかり寂しく色褪せたような空気も、みるみる鮮やかになった。

　部屋を少し飾るだけで、人の心はこんなにも、温かな気持ちになるんだなぁと、さくらはしみじみと感じた。

「さくらぁ、そっちの端持ってくれ〜」という父の声に振り向く

と、どこから出してきたのか、父はテーブルクロスを広げていた。
「わあ、すごいねえ」とさくらが端を持つと、
「だろう？　昔使ってたカーテン見つけたんだ。母さんが洗濯しといてくれててさ。おおっ、いい感じだぁ」

一番楽しんでいるのは父のようだ。さくらは思わず微笑んで父を見ていると、今度は後ろから、
「さくらぁ、そっち一段落したらちょっとこっち手伝ってぇ」と、台所でなんだかいっぱいいっぱいになってしまっている母の声がした。
「わかったー」
さくらはエプロンをして、母のとなりへ駆けた。

57　～食事会～

正午過ぎ、予定時刻の少し前に、インターホンが鳴った。

「来たぞぉ」
まるでサンタクロースを待っていた子供のように、父は目を輝かせて言った。
「ほら、さくら、玄関開けに行って」と父母に促され、さくらは玄関で佐野くんを出迎えた。

「こんにちは」「こんにちは」
「じゃ…どうぞ」「は、はい。おじゃまします」
まるで初対面のお見合いのように仰々しく、二人はしずしずと廊下を歩きリビングに入ると、
「いらっしゃーい!!」
二人の両側から、父母が両手を広げて飛び出して出迎えた。
「うわっ」「きゃあ」
「ようこそー」「ようこそー」
さくらも佐野くんも驚いて口を開けて立ち尽くしていたが、佐野くんはハッと我に返ると、
「あっああ、あの、あの…おまねき、お招きありがとうございます」と深々と頭を下げた。
「いらっしゃーい。どうぞどうぞ」「さ、入って入って」

さくらも父母の出迎えに驚くばかりだった。

テーブルに案内された佐野くんに、母は「お口に合うといいんだけど」と小皿を渡した。
佐野くんは並べられた料理や部屋の飾り付けにキョロキョロしながら、「ありがとうございます」と恐縮し続けていた。

皆が席に着くと、父は八重歯を見せて、「では、佐野くん、ようこそ！　今日は、楽しく過ごしましょう！　さあ、食べようかあ」と張り切って言った。
「なんだか…すいません。ありがとうございます。こんな……飾り付けまで……。おじいさん亡くなられてまだ……」と佐野くんは肩をすくめた。
「なんだ、そんなこと気にすんな。親父だって早くみんなの笑顔が見たいんだ。こういう機会が作れて、親父も嬉しがってるよ」
「そうよ。それに一番張り切ってたのお父さんなんだから。ねえ、さくら」と母も笑って言った。
「うん」
さくらも笑った。

それを見て、佐野くんも笑った。

そして四人は、食事と雑談を心から楽しんだ。

食事が終わると、今度はテレビゲームで盛り上がった。
体を使うスポーツゲームでは、父は負けるものかと本気で佐野くんと勝負していた。
父も母も、佐野くんもさくらも、めいっぱい笑っていた。

「ケーキ食べよう！　ケーキ！」
ひとしきり笑い、体も疲れて、四人はまた、ケーキとコーヒーでテーブルを囲んだ。
「いや一惜しかったよなあ。俺もまだまだ高校生と相手できるよな、な？
あ、そうだ。これインターネットで繋がってるだろ？　佐野くんイギリス行ってもさ、このゲーム一緒にできるぜ。またやろうよ」
「お父さん、佐野くんは勉強しに行くのよ。時差だってあるんだから。ねえ？」
「あー、そっかあ」
「あ、いえ、嬉しいです」
佐野くんは微笑んで答えた。

微笑んだ後、佐野くんの目がみるみる潤い、赤くなった。
「ぐすっ」と、こらえきれなくなり、佐野くんは下を向いて、肩を震わせた。
「ぐすっぐすっ」と、ポロポロ涙が落ちているのが見えた。

58　～夢（1）～

思わぬ出来事に、皆手が止まり、佐野くんを見つめた。

「お……、おおい、泣くんじゃないよ！　か……彼女の前だろお」
と、父はさくらを佐野くんの『彼女』と呼んで、笑顔をつくって佐野くんの肩をぽんぽん叩いた。

「す……すみません、こんな……こんなこと……して頂けるなんて…感動しちゃって……すみません……」
佐野くんは何度も頭を下げながら、涙をポロポロ流し続けた。
母が席を立ってタオルとティッシュ箱を手に戻り、佐野くんに渡しながら言った。
「ひとりで海外で勉強しようなんて、偉いわよ」

母のその言葉に、佐野くんは更に「ううううっ」と嗚咽した。
さくらと両親は、見守るしかなく、切なく、佐野くんを見つめていた。

「……違うんです……」
「え？」
「違うんです……僕は……僕は……自分の家族から、逃げるんです」

「に、逃げる……？」

佐野くんは涙を拭いて、顔を上げて言った。
「逃げるんです。逃げたくて……留学するって……決めたんです。
僕の父は……医者なんです」
「ええっ!?」
三人は皆腰を上げて驚いた。
さくらも初めて聞いたことだった。
父はさくらの顔を見たが、さくらは顔をぶんぶんぶんっと横に振った。

「……僕の父は医者で、……父は、僕も医者になると……思い込んでいたようです。
でも僕は…小さい頃から、考古学の方に行きたくて。
高校入って、一年の時から選択科目は全て、その方向で選択してたんです。父がそれを知ってから、喧嘩ばかりで……。
父はとうとう学校に直接、僕を医大専攻のカリキュラムに変更させるように、僕に黙って学校に申し入れをしたようなんです。
父は、……めったに家に帰って来ませんが、帰れば喧嘩だけです。
学校だって、父の申し入れを受けてから、僕の希望を聞いてくれなくて……。

『お父様とよく話し合って』そればかりで。
……話し合ったって……」

佐野くんはまた、うつむいて、肩を落とし、両膝の上の拳（こぶし）を握りしめた。

「……オ、オレからしたら、医者も考古学者も、どっちもすごい、立派な職業だと…思うけど…なぁ」と、父はさくらと母を見て言った。
さくらと母も、黙って頷いた。

佐野くんは続けた。
「父に言わせれば、『もっと、世の中の人のためになる仕事をしろ』って。
『医学は、これからもっと発展していかなければならない職業だ。
最先端の医療技術が早く浸透していくことで、世の中のためになるんだ。
世界中に、どれだけの人がそれを待ち望んでいると思っているんだ。
おまえが考古学をやったところで、日々誰かのためになるのか。
考古学は趣味でも十分できる。そのために今の高校を受けさせたんじゃない』って。
父の医療に対する考え方はわかります。でも……」
佐野くんの肩が、また、更に震えだした。

59　～夢（2）～

「父は趣味を持たない人で、家に帰っても、書斎で医学書や論文を読んでる姿しか見たことがありません。
　母も元はピアニストで、毎日夜まで生徒とレッスンしていますし、発表会や打ち合わせなどで、休日もあまり家にいません。
　こんな風に、家族でパーティーみたいなこと…覚えがありません。
　……そういう生活に慣れていましたから、家が嫌だったわけではないんですが……。
　なんだか、金子（かねこ）さんのご家族の中にいたら……あったかくて…。自分でも泣いてしまうとは……すみません……」
　佐野くんは少し笑って涙を拭いた。

「父は、僕の気持ちなんて聞いてはくれません。
　あまりにも父が狡猾なやり方で決めるので…僕家を出たくなって。今の学校にも、そのまま行ける気がしなくて。
『授業は受けない！』って、学校も行かなかったんです。恥ずかしい話です。
　……一週間ほどした朝、父が部屋のドアの向こうで、『環境を変えて、少し頭を冷やして来い』って。
　僕の四歳上に父方の従兄（いとこ）がイギリスの大学にいるのですが、面倒を見てもらえるよう頼んだみたいです。
……そんな経緯（いきさつ）で決まった留学なんです。

全然、立派なものじゃないんです」

しばらく、ぐすっぐすっという声だけが続いた後、父が体を少し傾けて、椅子に座り直して言った。
「オレも……さくらがもし男の子だったら、子供に対する態度も少し変わってくるのかもしれないな…」
母も続けて言った。
「そうね……息子さんだもの。毅然とした態度をとられているのかもしれないわね」
「いえ……話を聞いて頂けただけで、僕、とても嬉しいです。
正直……父のこと……僕、尊敬してるんです。病院で四六時中、人の命、預かっているんですから」

佐野くんのその言葉に、父と母は顔を見合わせて微笑んだ。
「その気持ちを、お父さんにきちんと伝えるといいよ」
「そうよ。お父様も、きっと毎日、気持ちが張り詰めていらっしゃるでしょうから。嬉しいと思うわよ」

佐野くんは「ははははっ」と笑って言った。
「そうですね。……いつか、伝えられたら」
「いや、こういう思い付きは早く実行する方がいいんだよ。今日だな、今日。今日しよう」
「そうね。サプライズがいいのよ」
「ぁ……いや、そんな急には……」

だんだん気持ちが高ぶってくる父と母に、さくらはオロオロと、かける言葉も追いつかず、二人を見るだけだった。

そして夕方、父は佐野くんを駅まで車で送り、その後も何度も佐野くんは電話をくれた。
何度も何度も感謝を伝えて、そして年明けすぐに、佐野くんは、イギリスへ旅立って行った。

その日、二階の窓から、さくらは空を見上げた。
流れる雲を、しばらくずっと、ずっと見つめていた。
この空の下で、自分はどんな未来を歩いていくのだろう。

祖父も祖母も、父も母も、願い、生きて、作ってきたこの世界。
自分はこれから、どんな世界を作っていくのだろう。

悲しみに沈んで、孤独感に凍える時も、見上げれば、空はいつも教えてくれる。

大丈夫。ひとりじゃないよ。
だから歩いていける。

思いやり、分かち合える。

想いあふれる未来へ。

60　～未来へ～

さくらの日常、いかがでしたか？
ボクは今でも、さくらの体験ひとつひとつを、ボクの世界の先生に報告しているよ。
成長の喜び、家族の温もりと寂しさ、友達と関わる楽しさと孤独、恋、この地球で生きること。

これらは全て、まだまだこれからも、形を変えながら、さくらへの愛として注がれて、さくらはそれを体験していく。

愛情の形って、いつも温かで直接的なものばかりじゃないんだよね。

その時には悲しい言葉だったり、気を失うほどショックな出来事だったり、
明日の自分が信じられないほどの辛さだったり。

ずいぶん時が経って、他の経験をしてはじめて、「自分は確かに、全てにちゃんと愛されている」と解る時がくる。

『当時の自分が欲しがってた愛情の形だけが、全てではないよ』

　そう感じられるようになる。

　ボクはさくらとして誕生してこれまでだけでも、いろんな愛情の形を体験したし、まだ気づけていないこともたくさんあるんだ。

　ボクが地球に来て本当に嬉しいことは、歌を体感できること。
　これまでもさくらを通して綴（つづ）ってきたけれど、歌ほど、地球を世界を喜ばせるものはないよ。

　そしてもうひとつ、ボクは見つけた。

　大好きなもの。

　なんだと思う？

　それはね、
『笑う』ってこと。

ボクの世界でも、嬉しいと軽くなって、コロコロ跳ねたりもするけど、地球のみんなは、声を出して、お腹(なか)を抱えて、時には周りの人達と顔を合わせて笑顔を分かち合うよね。

歌と同じように、それ以上に、空へ空へと、虹色のエネルギーとなって昇っていくんだ。

本当に本当に、素晴らしい瞬間なんだよ。
地球のみんなが使える、魔法だよ。

笑ってみて。

ちぎれる涙が、温かくなるから。

笑顔は、周りの人達に力を与える、更なる魔法になるんだよ。

あなたも使えるの。忘れないで。

さくらの未来は、これからも皆さんと一緒に続いていきます。

少ぉしだけ、しゃべっちゃうとね、
数年後、さくらのお腹には、ボクがさくらの母親のお腹に来たように、ボクの後輩がやってくる。

その後輩は、ボクより無邪気で、クルクル踊るようにしゃべるんだ。
そしてボク達は、親子という立場で、これからの地球を体験していく。
ボクがこれまで体験した地球とは、全く違う世界の地球を体験するんだよ。

みんなも一緒にね。

あっ、先生がこれ以上は話ししちゃダメって言うからここまでね。

じゃあ、ボクのおはなしはここでおしまい。

さくらと一緒にこれからも、地球を喜ばせる未来にしていこうね。

またね。

ありがとうございました。

——Sacra

著者プロフィール

sacra ／文・絵

東京都在住。
日常の不思議を題材にした物語作りを趣味に、日々書き綴っております。
『コットンテイル』は初作品です。
温かいワクワクが皆様に届きますように。

コットン・テイル ～空の下のさくら～

2024年４月15日　初版第１刷発行
文・絵　sacra
発行者　瓜谷 綱延
発行所　株式会社文芸社
〒160-0022　東京都新宿区新宿1－10－1
電話　03-5369-3060（代表）
03-5369-2299（販売）

印刷所　図書印刷株式会社

ISBN978-4-286-25203-2